Edgar A. Wenzel

LAUBES

FALL

Laubes Fall 2014 - 2015

Bibliografische Information der Deutschen Nationalbibliothek:
Die Deutsche Nationalbibliothek verzeichnet diese Publikation in der
Deutschen Nationalbibliografie; detaillierte bibliografische Daten sind
im Internet über http://dnb.dnb.de abrufbar.

Herstellung und Verlag:
BoD –Books on Demand, Norders

ISBN 9783752806465

© 2019 Edgar A. Wenzel

Gewidmet

Dietmar Ehrenreich

**Und wieder
wehen hernieder
Novembernebellieder.**

I
Gottes Peitsche

Nichts Besonderes für diese Gegend. Eben wieder einer dieser *achsotypischen* Regentage im *achsokalten* und *achsoleblosen* Norden. Nichts Besonderes also auch für diesen Monat, dem *achsotristen* November. Trotzdem gewöhnt man sich wohl nie daran. Nicht an die manchmal, speziell zu dieser Jahreszeit, vorherrschende Leblosigkeit, nicht an diese Kälte und niemals an diesen Regen, diese Peitschen des Himmels. Es ist kein normaler Regen, vor dem man sich mit einem gewöhnlichen Regenschirm schützen kann, nein, das ist er nicht. Bei Gott nicht!

Elaine war als Kind stets brav, wenn auch unfreiwillig, mit ihren Eltern zur sonntäglichen Messe gegangen, hatte auch nie und niemals die Oster - und Weihnachtsmesse ausgelassen, und dennoch frug sie sich bei jedem dieser peitschenden Regengüsse, was sie noch besser hätte machen können müssen. Denn jedes Mal, und ein derartiger Regen überraschte sie stets nur, wenn sie gerade unterwegs gewesen war - ohne Aussicht auf baldige Hilfe eines göttlichen Wesens, wie sie es gerne beschrieb, - war sie eben bis auf die Innereien durchnässt nach Hause gekommen. Freilich nicht ohne Striemen, die sie sich von Gottes Peitsche zugezogen hatte.

Nun war es also wohl wieder einmal so weit. Elaine hatte offensichtlich wieder eine kleine Sünde begangen (sie erinnerte sich an die kleine, nächtliche Fressattacke der letzten Nacht, und war sich augenblicklich ihrer offensichtlichen jüngsten Schuld sogleich bewusst), und verkroch sich im hintersten Winkel des Wartehäuschens. (Ich sehe Dich, Gott, nicht, siehst Du etwa mich?) Den Bus hatte sie versäumt, oder wollte dieser etwa sie versäumen? - denn eigentlich hatte sie sich rechtzeitig an der Haltestelle eingefunden gehabt. Motorgeräuschleere im *Regengeplätscher*.

Elaine blickte aus dem Wartehäuschen durch den Regen hinüber zu dem gegenüberliegenden Feld. Sie kannte dieses freilich zu jeder Jahreszeit und in jeder Phase seines Gedeihens, dennoch konnte sie sich in diesem Augenblick, da es von einer Schar Krähen eingenommen wurde, nicht vorstellen, geschweige denn

8

sich daran erinnern, wie dieses Feld in Frühlings- und Sommermonaten jemals ausgesehen haben mochte.

Mit einem Male aber schoss ihr das Bild jenes Moments in den Kopf, in dem sie als kleines Mädchen mit den Nachbarsjungen die damals auf besagtem Felde stehende Vogelscheuche angezündet hatten. Es musste in etwa die gleiche Jahreszeit gewesen sein wie nun. Jedoch vor vielen, vielen Jahren.

Einer der etwas älteren Jungen hatte die letzte Flasche hochprozentigen Schnapses seines Vaters unter seinem Mantel versteckt gehabt und war auf die Idee gekommen, ihn mit seinen Freunden aus der Nachbarschaft hinter der alten Scheune zu kippen. Nachdem sich aber bereits die *Vorkosterin* der Runde - es war klar, dass hier der Dame in der Runde der Vorzug gegeben wurde - hinter jener Scheune nach nur einem kleinen Schluck hatte übergeben müssen, hatte man kurzerhand beschlossen, den Verwendungszweck des Schnapses sinnvoller umzufunktionieren. So hatte die Kinderschar nach einer brennenden Idee Ausschau gehalten, als synchron der Blick aller an der Vogelscheuche inmitten des Feldes hängenblieben war. Gehörte dieses Feld nicht jenem Bauern im Dorfe, der

9

auch Schnaps selbst brannte - und an Väter armer und unschuldiger Kinder verkaufte?

In Filmen hatten sie es manchmal gesehen, doch so wirklich geglaubt hatten sie dennoch nicht daran. Es war ja nur im Film gewesen. Probieren! Selbst erleben wollen - es mit eigenen Augen sehen wollen: Anzünden! Verbrennen! Rache für...äh...naja, wofür auch immer. Hungriges Feuer fragt nicht nach einem Grund – es will gestillt werden!

Den flüssigen Brennstoff hatten sie ja bereits, einen Liter (minus einem Schluck) davon, doch hatte es nun an der zweiten - normalerweise einfacher zu beschaffenden – Komponente gemangelt: Feuer. Da aber niemand sich der Gefahr hatte aussetzen wollen, sich nach Hause zu schleichen, um eine Schachtel Zündhölzer zu beschaffen, schlussendlich dabei erwischt und aufs Zimmer geschickt zu werden, musste eine andere Beschaffungsmöglichkeit her, und zwar schnell! Denn man fror und man gierte nach Rache! In solchen Situationen ist man ja zu allerhand bereit, noch dazu als Kind.

Erneut in die Ferne blickende, starrende Kinderaugen in sich drehenden Kindern. Theo, zwei Jahre älter als

Elaine, die jüngste der Runde, und somit der älteste der Runde, hatte den - schlussendlich im wahrsten Sinne des Wortes - zündenden Gedanken gehabt. Die Dorfkirche. Genauer gesagt: das Ewige Licht.

Und so waren im Schatten einer November- oder Dezembernacht fünf Kinder auffällig unauffällig über ein nebeliges, karges Feld, das durchaus eben einem Gedicht Georg Trakls entfallen sein hätte können, hin zur Dorfkirche geschlichen.

Nur ein paar Krähenschreie später waren die kleinen Gestalten, allen voran Theo, bereits wieder am Wege zur zurückgelassenen Vogelscheuche auf des Schnapsbrenners Feld, das Ewige Licht in der Hand der Jüngsten, Elaine, die der Gruppe nachtrottete, und der seit jener Nacht der Beiname Ewiges Schlusslicht ungefragt verliehen wurde, gewesen. Dass keine der Eltern jemals davon erfahren dürften, war freilich allen klar gewesen. Von der nächtlichen Aktion, die mit einem lichterlohen Brand der Vogelscheuche gipfelte, durfte generell nie jemand erfahren. So zumindest hatten sie es sich geschworen, im Scheine des *Schnapsvogelscheuchenfeuers.*

Tatsächlich war die mit dem Schnaps übergossene Vogelscheuche derartig schnell abgebrannt gewesen, dass tags darauf niemand mehr im Dorfe nur annähernd nachvollziehen konnte, was tatsächlich geschehen war. Zur Erheiterung und Erleichterung der Kinder, war nur mehr eine verkohlte *Vogelscheuchenleiche* am Tatort vorzufinden gewesen. Alle Beweise, mitsamt der Vogelscheuche, waren also vernichtet gewesen.

Die am frühen Abend eines spätherbstlichen Abends ohne menschlichem Zutuns plötzlich abgebrannte Vogelscheuche war noch lange Zeit Gespräch im Dorfe gewesen. Kommt man gelegentlich heute noch darauf zu sprechen, sind nach derartigen Gesprächen, sehr zur Freude des Dorfpfarrers, stets bemerkenswert viele Kirchgänge und Beichtgespräche zu verzeichnen.

In jener Nacht hatte ein, aus heiterem Himmel herabkommender, noch dazu für diese Jahreszeit eher ungewöhnlicher, Platzregen der glühenden *Vogelscheuchenasche* ein jähes Ende bereitet gehabt. Auch damals war es einer dieser hier typischen peitschenden Regenfälle gewesen.

"Gottes Peitsche straft uns, seht Ihr", hatte Elaine damals

gemahnt. "Ich habe mir gleich gedacht, dass er noch munter ist, und mitbekommt, was wir verbrochen haben. Das Feuer hat er gelöscht mit seinem Regen, doch mit demselben Regen peitscht er uns nun aus!"

Theo hatte sich zur kleineren Elaine gedreht, und zum ersten Mal hatte er nicht, wie gewohnt, von oben herab zu ihr gesprochen, sondern sich vor ihr niedergekniet. Die Prophezeiungen des kleinen Mädchens hatten ihn plötzlich eingeschüchtert gehabt. "Glaubst Du, Elaine, dass er uns bei unseren Eltern verpetzen wird? - kannst Du nicht mit ihm sprechen, ihm sagen, dass wir es nie wieder tun werden?"

Elaine hatte Theo tief in seine auf ihrer Höhe befindenden Augen geblickt und den richtigen Moment erkannt. "Weißt Du, Theo, ich kann mit ihm reden, aber ich weiß nicht, ob er auf ein Mädchen hören wird, noch dazu auf die jüngste in der Gruppe - sprich Du doch mit ihm!"

Theo war blasser und blasser geworden, hatte den kleinen Mittelsmann, beziehungsweise das kleine *Mittelsmädchen*, Elaine, mit der Geste eines großen Bruders zärtlich in die Arme genommen. "Elaine, unsere Zukunft hängt von Dir ab, wir geben Dir, was immer

Du willst, aber bitte, sprich Du doch mit ihm.", hatte er gebeten.

Elaine, in ihrer jugendlich-naiven-gutmütigen Art hatte sich dazu überreden lassen, und war für ein Gespräch unter vier Augen hinter der Scheune verschwunden.

Tatsächlich hatte sie hinter der Scheune zu Gott gebetet, freilich erst, nachdem sie sich umgesehen hatte, ob dieser nicht vielleicht sogar persönlich für ein Vier-Augen-Gespräch zur Verfügung gestanden wäre. Sie hatte versprochen, nie wieder einen solchen Streich spielen, und nie wieder das Ewige Licht aus der Kirche tragen, und nie wieder eine Vogelscheuche (und sonst auch niemanden) damit entflammen, und nie wieder Gott als Druckmittel verwenden zu wollen, um des Nachbarsjungen Fahrrad damit (übrigens erfolgreich) zu erpressen. Gott hatte nicht geantwortet gehabt, was Elaine zufrieden als zustimmendes, wortloses Nicken interpretiert hatte. Sie hatte sich sogleich entschuldigt, ihn zu dieser späten Uhrzeit (tatsächlich war es erst gegen 18 Uhr gewesen, aber zum einen ist im Winter das Gefühl für Zeit eine andere und zum anderen ist es für ein kleines Mädchen zu dieser Zeit tatsächlich schon bald mitten in der Nacht) gestört, ja, belästigt zu haben,

14

und war mit einem sanften Lächeln auf den Lippen wieder hinter der Scheune hervorgetreten.

Alle waren bis auf ihre Teddybär- bzw. Prinzessinnen-Unterwäsche durchnässt gewesen, hatten sich dennoch für einen kurzen Moment umarmt, hatten Elaine, ihre Retterin hochleben lassen, ehe sie sich jeweils nach Hause begaben hatten, gespannt den Eltern vom mysteriösen Brand am Felde des Schnapsbauern lauschend. Auch Theos Vater hatte so aufgeregt davon erzählt gehabt, dass er erstmals vergessen hatte, seinen abendlichen Schnaps zu trinken.

Gott sei Dank!

II
Grau oder Grün

Elaines Gedanken wurden schlagartig wieder in die Gegenwart katapultiert, als ein Auto in hohem Tempo an dem Wartehäuschen vorbeirauschte, und sie kurzfristig in eine Welle verdreckten, abgestandenen, *silberschmutzigöliggraubraunen* Regenwassers eintauchen ließ. Nun, ohnehin bis auf die Spitzenunterwäsche - die Prinzessinnen hatten sich im Laufe der Jahre dann doch empfohlen - durchnässt, hatte die kleine Sturzwelle eigentlich gar nicht mehr so viel am Schicksal der Elaine geändert, denn *durchnässt* lässt sich nicht mehr steigern, sehr wohl aber besteht ein Unterschied zwischen einer Regenwasserlache und besagter Lache vor dem Wartehäuschen. Und genau so, wie letztere, fühlte sich Elaine in diesem Augenblick. Grau, braun, ölig, silbern, schmutzig und was immer es auch noch gewesen sein mag. Vor allem aber kam ihr folgender Gedanke: endlich ein Schuldiger (unvorsichtig und wild, und also ohne Zweifel männlich) den man schimpfen, anschreien, anheulen darf. Jemand, den man für sein momentanes Unglück verantwortlich machen darf. Jemand greifbarer, sozusagen. Auch Gott war und ist stets greifbar gewesen für Elaine, aber diesmal hatte sie alleine in einem scheinbar gottlosen Wartehäuschen auf einen Bus gewartet gehabt, der nicht vorbeigekommen war und höchstwahrscheinlich – bei derartigem Wetter keine Seltenheit – auch nie vorbeikommen würde.

Und nun war auch noch diese Welle unbestimmbarer Flüssigkeit direkt in ihr Gesicht geschnalzt, und Elaine, das *gepeitschte Elend* hatte jede nur - in diesem Moment denkbare - Energie, um aus dem Wartehäuschen hinaus - und dem Auto hinterherzustürmen.

Seiner möglichen Schuld sich offensichtlich bewusst, blickte Eric in den Rückspiegel. Zuerst stellten seine Augen auf ihn selbst scharf, denn er bemühte sich ein weiteres Mal, die Sechserlocke, die sich immer nur bei Regenwetter verselbstständigte, glatt auf die Stirn zu streichen. Nach geglücktem Vorhaben nahmen sich seine Augen ganz dem jämmerlichen, spiegelverkehrten Bild im Hintergrund an: eine im Regen, das Auto offensichtlich in immer größer werdenden Abständen, verfolgende junge (soweit erkennbar) Frau.

Pink Floyds Hey You ertönte aus dem alten Autoradio, das noch ausschließlich auf Kassetten spezialisiert war, als Eric gnädig zum rechten Straßenrand heranfuhr, um seiner Verfolgerin den - offensichtlich nötigen - zeitlichen Vorsprung zu geben, um endlich ihn und sein Auto einzuholen. Das Lied schlug seine letzten Töne an, als es heftig an der Scheibe der linken, hinteren Türe klopfte, so, als wolle man mal auf jeden Fall auf sich aufmerksam machen, damit das Auto (man kennt es wohl eher vom Bus) noch stehenbleibt, und auf einen wartet, während man vor zur Fahrertüre sprintet.

Eric gab Elaine die Zeit, hätte natürlich aussteigen und ihr entgegengehen können, zog schlussendlich aber doch die gemütlichere und weitaus trockenere Variante des Sitzenbleibens vor.

Is there anybody out there?

Eric ließ die Autoscheibe lässig herunter (zumindest versuchte er, einen lässigen Anschein zu erwecken, während er kräftig und zugleich ruhig in vertikal-kreisenden Bewegungen das Fenster herunterkurbelte), drehte die Musik, sein *Lebenselixier* nach kurzen Überwindungsproblemen etwas leiser.

So also sahen sie einander zum ersten Mal, und waren

18

für einen unbestimmbaren Moment so dagestanden beziehungsweise -gesessen. Sie blickte herab auf ihn, er blickte zu ihr auf. Der Regen ließ sich von seiner Neugier nichts anmerken und tat was er in solchen Momenten immer zu tun pflegt: ganz leise zu Boden tröpfeln, um ja kein Wort zu überhören. Doch es war nicht wie immer....

Elaine blickte auf einen gepflegten Drei-Tages-Bart-Mann, irgendwo zwischen Dreißig und Vierzig, mit Jeans und schwarzem Gürtel, mit einem schwarzen Pink-Floyd-Shirt unter einer weinroten Lederjacke. Achja, und da war so eine komische Sechserlocke, die ihm etwas willkürlich ins Gesicht hing.

Eric blickte auf eine wunderschöne, (in dieser Verfassung sicherlich) ungewollt auf ihn sexy wirkende Frau, in einem nassen, beigen, langärmeligen Winterstoffkleid, mit nassen (nona!) langen, leicht gelockten Haaren, perfekt glänzenden Lippen, die jedoch leicht zu zittern schienen, wie eigentlich auch die ganze Person an ihnen.

Endlich nun stürmte Eric mit einem Satz aus dem Auto, sodass Elaine unweigerlich erschrocken einen Schritt zurückwich, und Eric erkannte, was zu tun sei. Mit einer Bewegung zog er seine geliebte lederne Jacke aus, und legte sie Elaine um ihre zarten Schultern, führte sie vorbei an der Kühlerhaube des Autos zur Beifahrerseite, öffnete die Türe und hielt erst dann - beinahe selbst über seinen ersten Satz zu Elaine erschrocken - kurz inne: "Erlauben Sie mir, Sie ein Stück mitzunehmen, wohin wollen Sie denn?"

Elaine blickte Eric an, ohne einen Laut von sich zu geben.

"Darf ich? - das bin ich Ihnen schuldig, sehen Sie sich an - völlig durchnässt. Alles meine Schuld!" gestand Eric.

"Im Regen wäre ich schließlich genauso nass geworden, Sie trifft also keine Schuld!" schwächte Elaine unglaubwürdig und mit abweisender Handbewegung ab.

"Tja, da war ich wohl schneller als der Regen!" konterte Eric.

"Schneller als Gott!?" fügte Elaine in überzeugtem und zugleich fragendem Tonfall hinzu.

"Auch der liebe Gott muss irgendwann einmal etwas zur Ruhe kommen, etwas schlafen", beschwichtigte Eric, nicht ohne seine Augen zu verdrehen.

"Nein, das macht er nie in der Dunkelheit" - schoss es aus Elaine heraus - "das macht er, wenn alle in der Schule oder Arbeit sind".

"Als könnte dort nicht auch etwas passieren" - warf Eric ein - "Wozu gibt es denn sonst sogar eine Pausenaufsicht in den Schulen?" fügte er hinzu.

"Die Pausenaufsicht gibt es, damit Lehrer auf ihre bezahlten Stunden kommen" argumentierte Elaine, ganz untypisch für ihre Art.

"Sie treffen mich damit nicht, falls Sie mich etwa für einen Lehrer halten, was ich doch nicht hoffe", konterte Eric und fuhr fort: „das Leben bietet doch wesentlich mehr, als kreidebeschmutzte Hände, verhasste Kinderblicke im Rücken - und eben Pausenaufsichten! Auf jeden Falle - erlauben Sie mir, sie nach Hause oder wo auch immer Sie hinwollen, zu begleiten?" gab er nun leicht gereizt und ebenso mittlerweile ebenso durchnässt von sich, und er hoffte, dass er es hier nicht mit einer Lehrerin zu tun hatte. Er war nie ein guter Schüler gewesen und hatte demnach auch nicht allzu viel Sympathie für Lehrkörper (oder hieß es gar LehrkörperInnen??) übrig. Den einzigen Grund, Lehrer zu werden, sah Eric schließlich darin, aufgestauten

Aggressionen aus der Schulzeit dadurch endlich ein Ventil zu bieten, wenn auch auf Kosten unschuldiger Kinder und Jugendlicher. (Man lebt aber schließlich nur einmal – sollten diese eben auch irgendwann einmal Lehrer werden!)

Eric hatte nichts gegen den Gedanken an Gott, auch nichts gegen den Gedanken einer Pausenaufsicht. Beide jedoch müssten seiner Meinung nach wissen, wann sie ihre Bühne zu betreten hätten und wo sich schließlich der Bühnenrand befände.

Als Kind hatte Eric stets davon geträumt, Regisseur zu werden.

In diesem Spätherbst-Moment, im Regen, im Auto, in Gegenwart dieser hübschen, durchnässten, distanzierten, ebenso etwas gereizten und dadurch irgendwie erstrecht reizenden jungen Dame aber wollte Eric weder an den lieben Gott noch an eine Pausenaufsicht, überhaupt an gar keine Aufsicht denken. Er wusste auch gar nicht mehr, wie es zu diesem Gespräch gekommen war, aber er wusste auch, dass, wenn er jetzt nicht handle, alles, das ganze Gespräch, das ganze Kennenlernen, alles eben einfach, in eine andere, in eine *falsche* Richtung laufen würde.

Doch - welche Richtung würde eigentlich die richtige sein?

Eric hatte sich von Anfang an in die falsche Richtung bewegt, denn er hatte sich mit jedem Meter wegbewegt. Weg von zuhause, weg von seiner Frau, weg von seinem Sohn und schließlich weg von sich. Er hatte nicht klassisch gesagt, kurz um Zigaretten zu gehen, nein, nicht einmal das hatte er gesagt, obwohl er tatsächlich Zigaretten holen gegangen war, bevor er seine Familie verließ.

Doch danach hatte er sich in sein Auto gesetzt, hatte sich in aller Gemächlichkeit zurückgelehnt, sich eine Zigarette angezündet, die Wall-Kassette in das Kassettenfach geschoben und der Musik gelauscht. Hey You, das erste Lied der zweiten Seite also, und das hatte er auch genauso aufgefasst: Zweite Halbzeit! Der Beginn der zweiten Seite! Nicht nur des Albums, nein, auch seines Lebens!

Eric hatte also sein Auto gestartet gehabt. Motorgeräusch, Regen, eine eben angefangene Packung Zigaretten am Beifahrersitz liegend, Pink Floyds The Wall, Seite zwei, und dann Elaine!

Elaine im Regen, Elaine, die schließlich zugestiegen war,

23

und nun im fahrenden Auto (auf jener Packung Zigaretten) saß. Elaine, von der er noch nicht einmal den Namen wusste. Auf den plätschernden, allwissenden Regen hatte er in diesem Moment nicht gehört – vielleicht hätte dieser ihn ihm verraten.

Ein weites, weites Land, grau und grün und grüngrau. Nebel, schwarze Krähen und weite, weite Felder. Vereinzelt schlummernde Lichter weitentfernter Häuser. Spätherbst. Durch diesen hindurch fuhren sie momentan, Elaine und Eric. In einem alten Fiat, grau oder grün, schwer zu erkennen, bei dieser Dunkelheit.

III
Die Luft zum Atmen

Eric hatte Yvette kennenlernt bei einem verhältnismäßig schlechtem *Pink-Floyd-Cover-Concert.* Yvette hatte ohnehin nicht allzu viel mitbekommen, da sie die Tage zuvor als Aushilfe damit beschäftigt war, möglichst viele Menschen der Marke Zielgruppe auf das Konzert mittels pinkfarbener Flyer - aufmerksam zu machen. Das tat sie auch besten Gewissens, gekleidet in einem engen, pinkfarbenen Dark-Side-Kleidchen. Aufgrund des großen Erfolges wurde Yvettes Vertrag prompt verlängert, und sie durfte auch am Tage des eigentlichen Konzertes als Pink Flyer dabei sein.

Eric hatte an diesem Tag schon sehr lange an der Bar gestanden, war gleich nach der Arbeit zum Konzert gefahren, mit einem Arbeitskollegen, der sich jedoch ziemlich schnell abseilte – mit einer jungen Dame mit pinkfarbenen Haaren und Nagellack. Yvette war ihm damals sofort aufgefallen, weil sie die einzige war in seinen Augen, die tatsächlich für etwas Werbung machte, wofür sie auch dahinter zu stehen schien. Vor allem aber war sie ihm aufgefallen, weil sie einfach *auffallend* war. Yvette - anfangs hatte er nie daran geglaubt, dass dies tatsächlich ihr wirklicher Name sei - hob ihre dunklen Augen stets mit *extrem viel*, wie er anfangs meinte, *blauen Lidschatten oder so* hervor. Auf jeden Fall wurden ihre Augen stets von blauem Schimmer umgeben, aber nicht aufdringlich, einfach nur schön, wie Eric es empfand. Yvettes Augen waren es gewesen, in die Eric sich zuallererst verliebt hatte. Yvette, sie hatte tatsächlich einen Namen, von dem eigentlich nur teure Parfums oder Luxuslimousinen, ja, oder allerhöchstens vielleicht noch unbezahlbare Gitarrensondermodelle pflegen, sich selbigen zu eigen zu machen. Doch Yvette war genau sein Parfum, seine Luxuslimousine, sein unbezahlbares Sondermodell. Yvette war einfach alles für ihn gewesen!

Eric war verliebt! In Yvettes Ehrlichkeit, in ihren Einsatz, in ihren Humor! Er liebte Pink Floyd, liebte seine, vor etlichen Jahren ins Leben gerufene Metal-Band *Dark Side Of The Runes*! Eric liebte seine Frau und er liebte Arthur, ihren gemeinsamen Sohn, bis aufs pinkfarbene Blut!

Yvette und Eric waren inzwischen im vierzehnten Jahr ihrer Beziehung, geheiratet hatten sie erst nach Arthurs Geburt, vor acht Jahren, damals war Arthur bereits fünf Jahre alt. Eric hatte nie viel von der Idee einer Hochzeit gehalten, aber in kleineren Ortsgemeinden, besonders *hier*, in dieser Gegend um Malden, in der Yvette seit ihrem neunten Lebensjahr lebte, *gehöre es dazu*, so Yvette, wenn man ein Kind hatte, und Yvette war ohnedies nicht abgeneigt, von Eric geehelicht zu werden. So geschah es also an einem kühlen Frühsommertag, vor einigen, viel zu schnell vergangenen Jahren.

Eric, der erst nach Malden gezogen war, nachdem er Yvette kennenlernte hatte, ja, der bis dahin nicht einmal die Idee davon hatte, dass diese Ortschaft überhaupt existiere, war hier von Anfang an klarer Außenseiter gewesen, hatte sich aber auch nie sonderlich darum bemüht, vom Gegenteil zu überzeugen. Mit seinen Tätowierungen, seinen Lederhosen und -jacken, seinem alten Fiat war er schon vom ersten Tage an negativ aufgefallen. Und was man ihm, aufgrund seines Aussehens, so Eric, dann erst noch alles so nachsagte...

Einfache Menschen verlangen nach einfachen Bildern.

Eine Zeichnung am Arm zeichnet mich Armen. Meine Texte sprechen sowieso aus mir und also für mich. Lange Ärmeln im Sommer haben wohl ihren Grund und drehe ich meine Zigarette selbst, dreht sich damit plötzlich schon alles um mich. Und am Bauernmarkt fragen sie scheinheilig nach Frau und Kind, jedoch nicht, ohne mich zuvor schon angezeigt zu *haben als Vergewaltiger und Kinderschänder.*

Das erste Konzert von ihm und seinen Kumpels, die damals nur für diesen Auftritt nach Malden angereist waren, war nicht grundlos auch das einzige in der gesamten näheren Umgebung gewesen. Biergelage, Raufereien, Gegröle, nächtliche Ruhestörung weit nach Ende des Konzerts. Man wolle die - wenn auch nur zugeheirateten – Söhne Maldens unterstützen, hatte es noch tags zuvor vom Bürgermeister geheißen, doch mit einem derartigen Überstrapazieren der Gastfreundschaft, sei freilich nicht zu rechnen gewesen. Yvette hatte damals nicht hinter Eric gestanden, zu groß war der Einfluss ihres Vaters, selbst nicht gebürtiger Maldener, und dennoch nun Bürgermeister der Ortschaft. Sie hatte sich ihrer Stimme enthalten, was Eric dennoch als Gegenstimme ihm gegenüber auffasste.

28

Damals hatte wohl alles angefangen, in die falsche Richtung zu gehen. Über ihre beste Freundin, Nora, hatte Yvette seinerzeit auch deren Cousin Theo kennengelernt. Er war gerade getrennt gewesen von seiner langjährigen Freundin, und hatte sich in Yvette verliebt, wie diese auch - zunächst noch erfolgreich - nicht länger mehr ihre Gefühle für Theo verbergen wollte. Ihr war aber natürlich bewusst, dass sie nicht nur Ehemann, sondern auch noch ein gemeinsames beinahe dreizehnjähriges, Kind, Arthur, hatte.

Eric jedoch war kaum zuhause gewesen in dieser Zeit, mit seinen Kumpels, den *Dark Runes*, wie er sie stets nur zu nennen pflegte, war er über mehrere Monate auf Tournee in Mitteleuropa gewesen. Er hatte sich zwar beinahe täglich bei seiner Familie gemeldet gehabt, jedoch kaum sehen lassen.

Yvette hatte damals noch ihrer eigenen Arbeit als Fotografin nachzugehen. Abhängig von fixem Einkommen ließ sie sich schließlich sogar dazu herab als Schulfotografin zu fungieren und sich für ländliche Hochzeiten buchen zu lassen. Früher hatte sie Ausstellungen ihrer Kunstfotografien veranstaltet, war auch stets als Band-Fotografin mit bei Erics Konzerten

29

gewesen. Dies war freilich vor Arthurs Geburt. Yvette hatte es Eric nie wirklich vorgehalten, dass dieser - auf ihre Kosten - seinem Hobby, seiner Arbeit, ja, seinem Leben nachgehen durfte, im Gegenteil, sie hatte ihn immer bestärkt dazu, hatte immer hinter ihm gestanden. Als er sich dann aber zu sehr in seiner Welt, und es war tatsächlich nur die seine gewesen, verlor, und schließlich auch, infolge wachsenden Erfolgs, in immer größeren Abständen nach Hause gekommen war, wenn auch inzwischen sogar ein Heimspiel gegeben hatte, waren die Weichen für Yvette und also der gemeinsamen Zukunft mit Eric bereits längst gestellt.

Die Weichen unseres Lebens lassen uns unserem gemeinsamen Leben weichen, hatte sie es einmal Nora prophezeit.

Eric wusste es. Wusste immer schon, welcher Gefahr er sich und seiner Familie aussetzte, wenn er so lange, und zwar immer wieder, weg bliebe von Zuhause. Er wusste es, und konnte dennoch nichts daran ändern. Er war abhängig wie von einer Droge. Öfters schon hatte er den Beschluss gefasst, aus der Band, aus seiner Band auszusteigen, um seiner Lieben Willen, doch jedes Mal, wenn er diesen Beschluss - den er immer nur unter

30

größter alkoholischer Beeinträchtigung fasste - ernsthaft in Erwägung zog, wurde er von tiefgrauschwarzen Selbstmordgedanken, die ihn tief in den Ausnüchterungsschlaf begleiteten, verfolgt.

Er wusste, dass er nur in berauschtem Zustand einen derartigen Entschluss würde fassen können, doch er wusste auch, dass er niemals so sehr berauscht sein würde können, um diesen Entschluss auch tatsächlich auszusprechen. Diesen würde er frühestens über die Lippen bekommen, nachdem er bereits an Alkoholvergiftung gestorben sei – nicht in diesem Leben also! Als einen natürlichen Schutzmechanismus pflegte er diese Unmöglichkeit stets zu bezeichnen.

Yvette und Arthur seien sein Herz, die Musik die Luft, die er atmete. Auf beides könne er nicht verzichten, wolle er leben, und das wolle er, mehr als je zuvor, hatte er Yvette stets beteuert.

Als Yvette an einem Morgen vor ein paar Monaten, als Eric gerade mit den *Dark Runes* im nahen Ausland ein paar kleinere Konzerte absolviert hatte, neben Theo aufgewacht war, fielen ihr diese Worte, fiel ihr dieses Versprechen Erics, an das sie schon so lange nicht mehr gedacht hatte, plötzlich wieder ein. Sie konnte Erics

Stimme beinahe hören, ganz nahe an ihrem Ohr konnte sie sie hören, konnte plötzlich spüren, wie Eric sie ganz zart mit seinen Lippen am Ohr berührte. Angeregt konnte sie seinen warmen Hauch an ihr spüren, als ob er flüsternd ein weiteres Mal das Versprechen gäbe.

Die Luft atmen wir alle, es ist für alle die gleiche, dieselbe, doch jeder besitzt sein eigenes Herz, das nur für ihn schlägt, das nur ihm gehört. Es hat sicher mehr Gewicht als die Luft, und dennoch sind beide zu gleichen Teilen voneinander abhängig. Das Herz jedoch ist austauschbar, nicht so die Luft, dachte Yvette.

Ja, das war es. Eric hatte sich einer Herztransplantation unterzogen, atmete immer noch die gleiche Luft, beatmete damit aber nun ein neues Herz. Das klang logisch und erleichterte Yvettes Herz in diesem Moment, in dem sie neben Theo aufwachte, und er seine Hand um ihre Hüfte legte, ungemein.

War es aber vielleicht doch nur Yvette, die ihrem Leben einem neuen Herz verdankte? Ihre Gedanken setzten sich auf Yvettes Augenlider, ganz sanft und doch mit leichtem Druck, sodass sie bald wieder eingeschlafen war, nicht aber ohne zuvor sanft Theos Hand von sich zu lösen.

IV

Perfect Soundtrack

Elaine fror. Über ihrem nassen Kleid trug sie Erics alte Lederjacke, die mittlerweile nun unweigerlich auch nicht mehr trocken war. Die Kälte, die Feuchte, der aufgesogene Regen, alles Unangenehme eben schien in diesem Moment von innen heraus ins Freie gelangen zu wollen. Elaine fror nun vielleicht sogar noch ein wenig mehr, mit dieser feuchtkalten, ledernen Jacke auf ihren Schultern.

Eric hielt ein wachsames Auge auf die Straße, und doch, ohne zu schielen, blickte sein zweites Auge hinüber zu seiner Beifahrerin und es erkannte den Ernst der Lage. "Ich will nicht schuld sein, wenn Sie an einer Lungenentzündung erkranken oder gar sterben! Rauchen Sie?" beschloss und frug er zugleich. Soeben ausgesprochen, war Eric auch schon unzufrieden mit der Formulierung, ja, mit der Fragestellung im Allgemeinen. Tatsächlich hatte er ja wirklich nur seine Sorge kundtun wollen, aber, und das war typisch für ihn, er hatte wieder einmal sämtliche Assoziationen zu einem Thema in einem Satz zusammengefasst. Tatsächlich hatte er einst um Yvettes Hand mit den Worten "Willst Du mich scheiraten" angehalten, obwohl er sicherlich nicht schon an die Scheidung gedacht hatte. In ihrer Nervosität und Verliebtheit des Augenblicks hatten jedoch ohnehin beide nichts davon mitbekommen. Videobänder wurden später vom Trauzeugen, gegen geringe Bezahlung, vernichtet.

Seit dem Kennenlernen Elaines hatte Eric nicht einmal an eine Zigarette gedacht, nun aber war es endlich soweit. Eine Zigarettenpause für ihn, eine Umziehpause für sie, sofern sie nicht ohnedies auch rauchte...

"Ich rauche nicht und ja, ich will auch nicht erkranken" stellte Elaine, sehr zu Erics Freude darüber, verstanden worden zu sein, fest.

"Meine Jacke habe ich Ihnen ja bereits gegeben, lassen Sie mich mal rechts ´ranfahren, und sehen, was ich Ihnen noch bieten kann - Sie gehören trockengelegt, und zwar schleunigst!" befahl Eric, während er in der linken Hand das Lenkrad, zum rechten Fahrbahnrand hinsteuernd, festhielt und mit seiner freigespielten rechten Hand dezent nach seinem Feuerzeug zu suchen

34

begann. An der nächsten Feldwegeinfahrt hielt Eric den Wagen an, schnappte sich das inzwischen in seiner rechten Hosentasche gefundene Feuerzeug, und stieg aus. Es hatte mittlerweile zu regnen aufgehört, (Gott war wohl eingeschlafen?), dafür war es nun eiskalt geworden. Eric fror ohne seine Jacke, war freilich darum bemüht, sich nichts davon anmerken zu lassen, was ihm aber nur schwer gelang. Er hüllte sich in den Schutz der Dunkelheit, die ihn zwar nicht wärmte, sein Gesicht, seine ganze frierende Gestalt aber hinter einem großen Fragezeichen sich verstecken ließ. Elaine hatte tatsächlich nichts bemerkt, bat Eric jedoch, die Türe alsbald wieder zu schließen, da die hereinströmende kalte Luft sie bitterlich frieren ließe. Eric riss mit einem Male die Beifahrer - und also Elaines Türe auf, und bat diese, auszusteigen. Elaine folgte der Bitte, knöpfte die Jacke auf, um sich dann darin einzuwickeln, indem sie die beiden vorderen Jackenhälften übereinanderlegte. Es sei wärmer so.

Erics Blick fiel auf die durchgesessene Zigarettenschachtel auf dem Beifahrersitz, er schwieg jedoch, innerlich weinend, während er dezent das Feuerzeug wieder in die Hosentasche gleiten ließ.

"Lassen Sie mich einen Blick in den Kofferraum werfen" sagte er, und schon erhob sich der Kofferraumdeckel. Im selben Moment hielt Eric auch schon eine gestrickte (Elaines, soweit sie erkennen konnte, starke Vermutung: von Oma) Decke in den Händen, und noch ein, zwei Kleidungsstücke. "Ziehen Sie sich das an!", befahl er, und drückte Elaine die Kleidungsstücke in die Hand. Es war ein Kinder-Pullover mit einem undefinierbaren Muster, Raumschiffe wohl am ehesten und dann war da auch noch ein knöchellanger Rock mit blauen und roten und orangen und grünen und *naturweißfarbenen* Längsstreifen herum. Ein Wickelrock Yvettes, den sie immer im Kofferraum aufbewahrte, für die Tage im Sommer, an denen sie vielleicht spontan mit Eric zu einer der unzähligen, nahegelegenen Seen in dieser Gegend fuhr.

Elaine kleidete sich neu und - in diesem Moment die Hauptsache - trocken ein und stieg wieder ins Auto.

Eric war einige Schritte entlang des Feldwegs gegangen, um Elaine die Möglichkeit zu geben, sich in Ruhe umzukleiden. Gesehen hätte er aufgrund der defekten Innenbeleuchtung sowieso nichts, wäre er auch neben ihr stehengeblieben, aber etwas Bewegung tat ihm

36

ohnehin nicht schlecht, und auch hinterließ es wohl einen besseren Eindruck, um welchen Eric sich langsam wirklich zu bemühen hatte. Für die Umkleidung wesentlich mehr Zeit veranschlagend habend, blickte er sich erst recht spät um, als Elaine schon eine gute Weile wieder im Auto gesessen hatte, aber keinen Stress zu haben schien, denn zum einen war es ja schön warm im Auto gewesen und zum anderen wusste sie ja gar nicht, wohin in dieser Nacht. Da fiel ihr auf, dass sie noch kein einziges Mal auf die Uhr gesehen hatte. Sie beschloss, es auch weiterhin nicht zu tun. Am Armaturenbrett des alten Fiats hatte es ohnedies keine Uhr gegeben, und das alte Auto, so dachte Elaine in diesem Augenblick, würde wohl schon wissen, warum es keine - im wahrsten Sinne des Wortes - innere Uhr hatte. Wahrscheinlich existiere es genau nur noch aus diesem Grunde noch.

Wie spät mag es wohl aber tatsächlich gewesen sein? Zu dieser eiskalten, dunklen Jahreszeit wahrscheinlich früher als man denken mochte. Elaine aber mochte gar nicht denken, sie wollte einfach den Moment sein lassen, ihm die Möglichkeit geben, seines Namens gerecht zu werden.

Eric war inzwischen beim Auto angelangt, hatte Elaine darinsitzen sehen, in seines Sohnes Pullover, in der Decke seiner Oma eingewickelt, klopfte dennoch, der Form halber, sozusagen, an das Dach, bis er ein heiteres, höfliches, beinahe liebevolles "Herein!" durch die geschlossenen Autofenster vernahm, und er also höflich eintrat.

Is there anybody in there?

"Wessen Pullover trage ich eigentlich gerade?" frug Elaine, die sich ziemlich in den offensichtlichen zu heiß gewaschenen - oder aber Kinderpullover zwängen musste, plötzlich, während Eric den alten Fiat anwarf, und in die Fahrbahn einschwenkte.

"Mögen Sie etwa keine Raumschiffe?". Eric versuchte offensichtlich, Zeit zu gewinnen.

"Ah - Raumschiffe sind darauf abgebildet – doch, doch, ich finde den Gedanken dahinter nett, aufregend. Dass man dieser Welt auskommt, dass man vor ihr flüchten kann, ohne gleich Selbstmord zu begehen! Raumfahrt ist die einzig lebensfreundliche Alternative zum Selbstmord", brachte Elaine es auf den Punkt und erschrak zugleich über ihre eigenen Worte. Hoffentlich war Gott in diesem Moment, in dem Elaine (!) das Wort

38

Selbstmord (!) alleine nur in den Mund genommen hatte, gerade anderweitig beschäftigt gewesen.

"Interessante Ansichtsweise", gestand Eric, "ich weiß aber nicht, ob mein Sohn das auch so gesehen hat, als er sich diesen Pullover zu seinem zwölften Geburtstag wünschte!"

Elaine wusste in diesem Augenblick nicht, ob sie sich mehr über die tatsächliche Tatsache, dass Eric also Papa war wundern sollte oder mehr über eine der weiteren Tatsachen, dass Eric einen - zumindest - schon zwölfjährigen Sohn hatte! Sie zupfte nervös an Erics Omas Decke, sodass dieser sich gezwungen sah, als (vermeintlich) älterer das Wort zu ergreifen.

Er fand einen gewissen Schutz in der Tatsache, dass er Elaine nicht ins Gesicht sehen konnte, weil er sich zum einen ja auf die Fahrbahn konzentrieren musste, und weil es ohnehin viel zu dunkel dafür gewesen war. Es hatte zwar inzwischen aufgehört zu regnen, dennoch waren freilich die Straßen nass und - zu dieser Spätjahreszeit auch nicht weiter verwunderlich - teilweise spiegelglatt. Erhöhte Konzentration also bitte, gegebenenfalls Musik abschalten!

Nun, die Musik war ohnehin schon längere Zeit verstummt, genau dieser Umstand aber erschwerte ihm, Eric, Sohn der Musik, als welcher er sich gelegentlich in aller Bescheidenheit bezeichnete, die Autofahrt erstrecht ungemein.

Keinesfalls, nie und nimmer hatte er es getan und nie und nimmer würde er es auch tun - seinen Sohn verleumden. Seinen Sohn nicht, und auch nicht Yvette, seine Frau. Es ging Eric also auch gar nicht darum, dass Elaine, deren Namen er zu diesem Zeitpunkt immer noch nicht kannte, wie Elaine übrigens auch nicht den seinen, von seiner Familie wusste, denn immerhin hatte er ihr ja den Raumschiff-Pullover, und tatsächlich waren es Raumschiffe gewesen, die den grauen Pullover zierten, und auch den Rock seiner Frau geliehen, nein, es ging ihm in diesem Augenblick eher um die Tatsache, dass Elaine schon so früh von den beiden erfuhr. Nach wie vor aber war es sein Hinweis gewesen, der Elaine von seiner Familie erfahren ließ.

Wann, so dachte Eric, sei eigentlich der geeignete Zeitpunkt, von seiner Familie zu erzählen? Kenne man eine Person nur flüchtig, so hätte sie gar kein Recht darauf, persönliche Lebensumstände zu erfahren.

Oftmals aber, dachte er weiter, sei die Grenze eine fließende und schwer auszumachende, ein schmaler Grat sozusagen, gehe es darum, zu bestimmen, wann man etwas noch nicht erzählen solle und wann man etwas bereits erzählen hätte sollen.

Eric starrte auf die weiße Mittellinie, hörte, obwohl außer dem Motorgeräusch nichts zu hören war, dennoch Musik in seinem Kopf, hörte Ozzy Osbournes *Changes*, summte so laut und klar und deutlich *I´m Going Through Changes...*, ohne zu realisieren, dass es längst keine - für alle Insassen - hörbare Musik mehr spielte.

Warum hatte er seiner Beifahrerin nicht erzählen wollen von seiner Familie und hatte es doch getan?

Eric fuhr, ohne den Blinker zu betätigen, denn dieser kümmerte ihn in diesem Augenblick am wenigsten, waren sie doch alleine auf weiter Ebene, nach nur einem halben Kilometer wieder rechts an den Straßenrand, und brachte den schnaufenden Fiat erneut zum Stehen.

"Wie heißen Sie eigentlich, und darf ich Du sagen?" brach es aus ihm heraus.

"Elaine, ohne Strich auf dem E, den haben meine Eltern

vergessen, eintragen zu lassen, und der Nachtrag war ihnen zu mühsam - Amtswege und so", gab Elaine zur Antwort und hängte ein stark betontes "Und Du?" an.

"Mein Name ist Eric, und ich weiß nicht, ob meine Eltern auf das H am Schluss vergaßen, oder ob es ihnen einfach zu teuer oder mühsam war", stellte Eric sich grinsend vor.

All das geschah ohne jegliche musikalische Untermalung. Auch in Erics Kopf war es längst untypisch still geworden.

Für Eric war Musik immer wichtig gewesen, ja, sie war ihm, laut eigener Aussage, stets wichtiger gewesen als sein eigenes Leben. So legte er höchsten Wert auf den perfekten musikalischen Moment.

Für jeden Moment gäbe es also einen perfekten Soundtrack!

Als er also beispielsweise um Yvettes Hand anhielt, hatte er - rein zufällig - einen Kassettenrekorder, gefüllt mit sechs fetten, damals schon im Handel kaum noch erhältlichen, Batterien mit, der, in leicht verzerrtem Tone Metallicas *Nothing Else Matters* von sich gab. In den Wochen vor Arthurs Geburt hatte Eric im Keller des

Hauses, den er sich zu einem Proberaum und Aufnahmestudio umfunktioniert hatte, gesessen, und ein eigenes Lied für den Moment der Geburt komponiert. Als Yvette ihn eine paar Tage gefragt hatte, ob er denn ernsthaft vorhätte, im Kreißsaal seine alte Lagerfeuergitarre auszupacken, verneinte Eric entsetzt, begab sich aber in der Nacht still und heimlich noch einmal in den Keller, um den geplanten Song doch auf Band aufzunehmen. Aber psssst!

Bei der Geburt hatte Eric selbstverständlich alle Hände zur Hilfe frei, während sein - erster englischsprachiger - Song Mother, Father, Arthur, (gesungen: Masa, Fasa, Asa) vom Band trällerte. (Die Gitarre hatte er freilich vorsichtshalber im Kofferraum seines, direkt vor dem Spital falschgeparkten, Autos, damals schon jener Fiat, in dem er und Elaine nun saßen, verstaut, nur für den unwahrscheinlichsten Fall der Fälle, dass die Batterien nachließen oder er gar vergessen würde, sie einzulegen...)

Nun aber, da der alte Fiat, mit seinen - nun endlich namentlich bekannten - Insassen Elaine und Eric rechts am Straßenrand geparkt war, ertönte also kein Ton.

43

Nicht aus Elaines Munde, nicht aus jenem des Eric und auch nicht aus des Fiats Lautsprecher.

"Wie wäre es mit etwas Musik?", schlug Elaine vor, und Eric ließ sich nicht zweimal darum bitten.

Er kramte nervös im Handschuhfach herum, nicht ohne es zu genießen, sich über Elaines Beine herüber beugen zu müssen. Diese ließ es auch wortlos über sich ergehen, merkte jedoch auch sehr bald, dass, auch nach längerem Suchen und Sich-Herüber-Beugens wohl keine Kassette im Handschuhfach gefunden würde, und schlug Eric lieb auf die Schulter und vor: "Wollen wir nicht einfach die Kassette umdrehen - sagt man so? - sorry, es ist schon zu lange her, dass ich ... eine Kassette gehört habe"

Eric fühlte sich nicht peinlich berührt, denn er kannte derlei Aussagen bereits von seinen Bandkollegen, er kannte sie von Yvette und er kannte sie erstrecht schon von seinem Sohn, Arthur. Eric und der alte Fiat, mit nur einem Kassettenfach - ha! - doch diesmal wusste er nicht, ob es wirklich Elaines Ziel gewesen war, ihn peinlich berühren. Was, wenn, und daran glaubte er nämlich viel eher, Elaine diese Aussage nicht so, wie gewohnt, böse oder spaßig gemeint hatte, sondern

44

tatsächlich ernst und - vielleicht sogar, was ihm irgendwie gefallen würde - naiv?

Elaine war zudem, das wusste Eric, nein, das wusste er nicht, aber das ahnte er, das war ja offensichtlich, um ein Stück jünger als er, das war ihr einfach anzusehen.

Auf einmal fühlte er sich nicht nur nicht berührt von dieser Aussage, sondern viel mehr noch: er fühlt sich tatsächlich berührt, wenn nun auch in ganz anderem Sinne.

"Ja, drehen wir das Ganze einfach um" stimmte Eric zu, und schob die Kassette ins Kassettenfach, und mit den anfänglich ruhigen ersten Klängen des mittlerweile auch Elaine bekannten Albums setzte sich auch der alte Fiat, und mit ihm unsere Geschichte, wieder in Bewegung.

V
Fliehender Teppich

Manchmal, wenn Yvette und Eric übereinander und nebeneinander und aufeinander gelegen hatten, ehrlich und alles andere als verlogen, nackt und alles andere als scheu, zu zweit und nichts anderes als glücklich, da hatte Yvette, seine Liebe, sein Gegenpol und zugleich sein zweites Auge im Gesicht gefragt, warum er, Eric, denn eigentlich nicht Lieder von Pink Floyd covern würde, warum er denn ausgerechnet eine Metal-Band ins Leben rufen musste, eine Heavy-Metal-Band, die so gar nichts mit Pink Floyd gemein hätte, außer vielleicht den Namen, den ohnedies niemand verstünde oder zu interpretieren wüsste, was zumeist in einem Streit endete, da Eric sich unverstanden und provoziert fühlte.

"Ich lebe, und dennoch singe ich vom Tod, von schwarzer Magie und dunklen Geistern. Für einen Gegensatz bedarf es schließlich stets zweier Teile, zweier Gegenstücke, die – eben - entgegenwirken. Erst die Nacht macht den Tag zu dem, was er ist und umgekehrt. Ohne die beiden gäbe es keinen Sonnenaufgang und auch keinen Sonnenuntergang, kein Dazwischen! Doch gerade dieses Dazwischen ist der Reiz an Tag und Nacht. Es ist immer spannender, zwischen zwei Fronten zu stehen als einer der beiden anzugehören, verstehst Du? Ich bin dieses Dazwischen! Nicht schwarz, nicht weiß. Grau!" hatte Eric einmal zur Antwort gegeben gehabt.

"Meine Sonne, ich will mit Dir untergehen, und auferstehen",

flüsterte Yvette damals Eric sanft ins Ohr, legte sich auf seine tätowierte Brust, und schlief darauf ein.

Eric blickte sich unverstanden fühlend aus dem Fenster hinaus in den dunkelblauen Himmel, strich seiner Yvette liebevoll durchs Haar und überlegte, wer von den beiden wohl Tag beziehungsweise Nacht sei.

Kein einziges Auto begegnete dem Fiat, in dem Eric am Steuer und Elaine am Beifahrersitz saßen, bisher, geschweige denn, dass ein Bus, *Elaines Bus,* ihm entgegengekommen wäre oder ihn eingeholt hätte.

Die Nacht kündigte sich an, und mit ihr erloschen auch die restlichen Lichter am Horizont und im Rückspiegel.

"Jetzt erzähl´ doch einmal von Dir" begann Eric plötzlich, als hätte er Elaine schon sein ganzes Leben

47

erzählerisch zu Füßen gelegt, und sähe sich nun berechtigt, selbiges von ihr einzufordern, noch dazu mit einer so abgedroschenen Formulierung, deren er sich aber ohnehin sogleich schämte.

"Was machst Du hier in Malden, Du wohnst doch nicht hier, Du wärst mir sonst sicher schon einmal aufgefallen!?" ergänzte er.

"Du meinst, ich wäre Dir aufgefallen, während Du, anscheinend mit Ehefrau und - zumindest - einem Kind auf dem Wochenmarkt spazierst, ohne Stress, denn es ist ja Samstag!?" konterte Elaine schnippisch.

"Es ist tatsächlich nur ein Kind, und bei diesem bleibt es auch. Es ist ja schließlich auch nur eine Ehefrau. Es ist Arthur, mein Sohn, und, nein, wir gehen nicht samstags auf den Wochenmarkt, denn dieser findet immer freitags statt, - Du bist also echt nicht von hier, ich habe es ja gleich gesagt." folgerte Eric frech.

Elaine drehte sich unbewusst weg von Eric, denn sie wollte ihn in diesem Augenblick nicht ansehen, was ohnehin unmöglich gewesen wäre in diesem stockfinsteren Moment.

Eric aber blickte sie an, das spürte sie.

"Warum bist Du nicht daheim, bei Frau und Kind?" frug

Elaine in Erics Richtung, in die scheinbar endlose Schwärze, die Eric momentan tatsächlich auch in sich verspürte, hinein.

"Zuhause ist, wo ich gerade bin!" hallte es aus der Tiefe zurück.

"Das hat schon mal wer gesagt, das kenne ich doch schon!", stellte Elaine fest.

"Selbst, wenn, darf es nicht vorkommen, dass zwei Menschen, die - wahrscheinlich - noch nie einander gesehen haben auf Gottes Erden, dennoch ähnlich oder gar gleich fühlen? Bin ich ein Dieb, wenn ich die Worte jemandes verwende, ohne diese ja für die meinen auszugeben, nur, um meinen Gefühlen Ausdruck zu verleihen? Bin ich ein Räuber, wenn ich Gefundenes verwende, um es mir besser gehen zu lassen. Ist Gefundenes Gestohlenem gleichzusetzen?" frug Eric in die kleine Unendlichkeit hinein.

Eric gefiel sein Plädoyer und er spielte augenblicklich mit dem Gedanken, wieder einmal rechts heranzufahren, Block und Bleistift zu nehmen, und es niederzuschreiben, ehe er es vergessen würde, erkannte jedoch im selben Moment die Undurchführbarkeit seiner Gedanken, den er schweren Herzens somit wieder verwarf. Schade um den Liedtext. Wie vielen Dichtern mag es wohl schon ähnlich gegangen sein, wie viel an kostbarem Kulturgut mag aus eben diesem Grunde, in einem Moment gefunden, im anderen bereits wieder verloren gegangen sein? Existiert und doch nie gelebt, gestorben und doch nie existiert. Nicht schwarz, nicht weiß. Grau! Wieder einmal.

Mit Sicherheit, so war es überzeugt, seien die nie niedergeschriebenen, wieder vergessenen Texte, welcher Art auch immer, die besten und in Wirklichkeit die einzig unsterblichen. Unsterblich, weil aus dem Moment heraus entstanden und weil niemand sich an ihnen vergreifen könne, sie sezieren, sie totschreiben, sie totreden könne. Weil niemand sie ausbluten lassen könne, um mit ihrem Blut verlogene, verfälschte Interpretationen zu Papier zu bringen.

Eric hielt mit beiden Händen das Lenkrad, und es hatte den Anschein, als wolle die eine Hand nach rechts, und die andere dagegen steuern. Er warf einen Blick in den Rückspiegel, rückte ihn unnötigerweise zurecht, und blickte zu Elaine. "Und wo ist Deine Familie? - warum bist Du nicht jetzt bei ihr? Und erzähle mir nicht, Du wärst es bereits längst, hättest Du den Bus erwischt!" zischte Eric.

Elaine drückte blind auf den Auswurfknopf, nahm die Kassette heraus und schob sie ebenso blind in die passende The Wall-Kassettenhülle, kramte ungebeten zwischen den beiden Sitzen herum bis sie schließlich eine andere Kassette unter der Handbremse ausgrub: Pink Floyd, The Final Cut. Diese legte sie in das Kassettenfach. Plötzlich erklang das Geräusch eines vorüberfahrenden Autos am Anfang von *The Post War Dream*. Erschrocken blickte sie zur Windschutzscheibe heraus, aber da war kein Auto zu sehen. Sie kannte wohl auch diese Platte, die mit dem Geräusch eines vorbeifahrenden Autos beginnt, nicht, schlussfolgerte Eric entsetzt, lehnte sich zurück, fischte sein Feuerzeug heraus und bat Elaine, sich etwas zu erheben, um die Zigarettenschachtel auf dem Beifahrersitz zu erlangen, und ihm zu reichen. Eric hasste es seit jeher, wenn ein Lied brutal abgewürgt wurde, zog es aber vor, seinem - schließlich nur augenblicklichen - Ärger mit ein paar Zügen an den Resten seiner nun filterlosen „Zigarette" zu ersticken, während er das Seitenfenster herunterkurbelte. Have A Cigar.

Elaine hatte freilich sofort bemerkt, dass Eric offenbar nicht über seine Familie sprechen wollte und hatte dies natürlich respektiert. Schließlich würde es auch vielleicht damit zusammenhängende Gründe geben, warum Eric offenbar ziellos des Nachts in seinem Auto herumirrte. Durch das geöffnete Fenster der Fahrertüre schoss die eisige Luft ins Innere des Autos und zugleich in und durch Elaine hindurch.

Was musste sie, abgesehen von der nächtlichen Fressattacke, wohl sonst noch angestellt haben, dass Gott sie so bestrafte? Aus für Elaine selbst nicht greifbaren Gründen aber wollte sie Eric nicht bitten, sie aussteigen zu lassen, ja, nicht einmal, das Fenster zu schließen. Sie wusste, dass er wohl einfach in diesem Moment nicht daran dachte, ob Elaine friere. Er selbst würde in diesem Moment wohl auch nicht einmal an sich selbst denken, dachte Elaine, als sie zu Eric herüberblickte. Dieser aber starrte nur versteinert auf die Straße, was Elaine auch ungemein beruhigte, denn sie war immer etwas nervös bei einer Autofahrt, seit sie einmal bei einer Taxifahrt im winterlichen Umland einen Unfall miterlebt hatte. Das Auto war einfach so von der Fahrbahn geschossen und über eine kleine Böschung geschlittert, ehe es, auf der

Beifahrertüre liegend und gegen eine Scheue geprallt, zum Stillstand gekommen war. Sowohl der Taxifahrer als auch Elaine hatten, Gott sei es gedankt, den Unfall ohne gröbere Verletzungen überstanden.

Elaine beobachtete Eric, wie er in ruckartigen aber gleichmäßigen Bewegungen immer wieder an seiner Zigarette zog und dabei mit starren Blicken offenbar den rechten Fahrbahnrand fixierte. Er warf die Zigarette vorzeitig zum Fenster hinaus und kurbelte dieses hernach wieder mühevoll hoch.

Elaine hatte selbst nur einmal an einer Zigarette angezogen. Es war kurz nach dem *Schnapsvogelscheuchenabend*, sozusagen im Zuge des darauffolgenden Projektes gewesen. Damals wurde sie in den Greißlerladen geschickt, und es galt, Jakob, den alten Greißler in ein intensives Gespräch bezüglich der Birnen in den Körben vor seinem Laden zu verwickeln. Elaine sollte versuchen, den Preis für die Birnen, die ihr ihre Mutter, wie jede Woche, auf den Einkaufszettel geschrieben hatte, herunterzuhandeln, da diese schon ein paar braungefärbte Dellen hätten und zudem auch da und dort ein Wurm zu sehen gewesen sei. Mit dem gewonnenen Betrag wollte man verbotene Früchte, Süßigkeiten also, erstehen.

Elaines Auftrag lautete also, mit dem alten Mann vor das Geschäft zu gehen, und zu verhandeln, während Theo eine Schachtel Bonbons (nicht mehr als eine, denn es solle ja nicht auffallen und man wolle ja nicht wirklich stehlen) in seiner Jackentasche verschwinden ließ.

Der Plan war aufgegangen, jedoch erwies sich er sich insofern als gescheitert, als dass der alte Mann von Rufschädigung zu sprechen begonnen hatte und schließlich bereit war, deswegen auch mit Elaines Mutter vors (Dorf-)Gericht, also dem Stammtisch, zu gehen, falls diese sich nicht offiziell und vor aller Öffentlichkeit, also Sonntag nach dem Kirchgang, bei ihm entschuldige. Selbiges solle auch für die kleine Elaine gelten.

Elaines Mutter, eine gute, gläubige und friedvolle Frau ließ es so geschehen, ohne aber jemals erfahren zu haben, warum sie eigentlich sich hatte entschuldigen müssen für das - wie sie sogar meinte - bisher beste Birnenkompott, das ihr jemals gelungen war - wohl aufgrund der guten, weichen, etwas süßlichen Birnen des alten Greißlers, den alle nur *Birnenjakob* nannten, der also nicht grundlos vor mehr als fünfzig Jahren seinen Namen erhalten und schließlich zu verteidigen hatte.

Elaine dachte in diesem Moment an ihre Mutter, an ihre arme Mutter, Franziska, die unbewusst damals zu ihr gestanden hatte, dies freilich aber sicher auch ganz bewusst getan hätte. Elaine dachte an das Birnenkompott ihrer Mutter, denn sie verspürte langsam Hunger, und immer, wenn in ihr Hungergefühl aufkam, dachte sie zuallererst an Mutters Birnenkompott. Und sie dachte an ihren Vater Jeremias, der damals von all dem gar nichts mitbekommen hatte, und der genau in diesem Moment, in dem Elaine nun mit diesem eigentlich fremden Mann in dessen Auto saß, seinen sechzigsten Geburtstag feierte - mit all seinen, wie er stets betonte noch lebenden Freunden, mit Nachbarn, Freunden der Familie, seit jeher, und natürlich mit seiner geliebten Frau, nicht aber mit seiner einzigen und einzigartig geliebten Tochter, Elaine.

Eric startete noch einmal seinen alten Fiat. Keiner der beiden wusste wohl in dieser beginnenden Nacht, wohin der Weg eigentlich führen solle. Ende November war es.

Elaine dachte an den sechzigsten Geburtstag ihres Vaters, der schließlich Grund ihres Besuchs in Malden gewesen war, dessen Feier sie aber dennoch nicht beiwohnte, und Eric dachte an Yvette und an Arthur, die er einfach – für eine Schachtel abgebrochener Zigaretten - verlassen hatte, ohne auch nur ein Wort darüber zu verlieren.

Ob in ihrem Leben nicht etwa doch schon mehr gebrochen sein musste, als ein paar Zigaretten, fügte Eric gedanklich hinzu.

Zum Abschied kein Wort.

Gewöhnlich müsse man das ja auch nicht, dachte er zurecht, wolle man tatsächlich nur Zigaretten oder Milch holen, dennoch aber solle zumindest ein Wort (und dieses wäre schon zu wenig, denn selbst "Auf Wiedersehen" oder auch "Lebe wohl" bestünde schon aus zwei Wörtern) ausgesprochen werden, plant man, nicht mehr, oder gar nie mehr wieder zurückzukehren.

Eric hatte es wahrscheinlich nicht einmal geplant, sonst hätte er wohl etwas mehr an seine nahe Zukunft gedacht, es muss wohl einfach so aus ihm herausgekommen, in ihm entstanden sein. So muss er

56

wohl tatsächlich das Haus verlassen haben, um Zigaretten zu holen, muss dann aber, momentan grundlos, sein geheimes Tagebuch - stets im Handschuhfach liegend – gelesen, oder jemanden getroffen haben - eine alte Hexe, einen greisen Wahrsager, irgendjemand muss es auf jeden Fall gewesen sein, irgendjemand oder irgendetwas, der, die oder das Eric nicht mehr in sein altes Leben zurückkehren lassen wollte!

Und Eric kehrte tatsächlich nicht mehr zurück, kehrte vielmehr sein altes Leben unter den Teppich, flog schließlich auf diesem davon, durch, über und in die Nacht, stets mit einem Lächeln im Gesicht, seinem alten Leben den Rücken kehrend.

VI

Nackte Knochen

Elaine hatte lange mit sich gekämpft, Malden zu verlassen. Sie wusste, dass sie dadurch freilich wesentlich mehr verlassen würde, als nur ihren Heimatort, einen Ort mit Kirche und Marktplatz und einem Feld, auf dem einst eine Vogelscheuche stand und jämmerlich zu Tode kam, sondern zugleich ihre Eltern, ihre Freunde, ihre *gesamte Heimat*, die sich hier an jedem Ort, in jedem Stein, in jedem Grashalm widerspiegle. Doch sie hatte diesen beschlossenen Schritt nicht alleine zu gehen, denn sie hatte Malden gemeinsam mit Theo, einem ihrer ältesten Freunde, der nun auch ihr *ganz privater Freund* gewesen war, verlassen. Theo und Elaine hatten beide vor, *größeres zu vollbringen,* und ihnen war von Anfang an klar gewesen, dass dies in Malden nicht möglich sein würde. Elaine absolvierte eine Ausbildung als Illustratorin, und dank dieser Ausbildung war es ihr nun endlich möglich gewesen, ihren Berufswunsch seit Kindesalter zu erfüllen: Das Illustrieren von

Kinderbüchern, speziell von Kinderbibeln. Theo studierte Theater und Tanz, *theaterte durch die Tanzwelt, tanzte durch die Theaterwelt*, wie Elaine seine Berufung stets, nicht ganz ernsthaft, beschrieb.

So lebten, liebten und studierten die beiden in ihrer ersten gemeinsamen Wohnung, weit weg von Malden und umso näher am selbständigen Leben, zugleich jedoch auch am jeweils anderen Leben vorbei.

Theo war es von den beiden, den es stets mehr zurück nach Malden gezogen hatte, und so manches Wochenende hatte er bei seinen Eltern, mit seinen Freunden verbracht, während Elaine entweder zu lernen hatte oder dieses zumindest vorzugeben wusste, obwohl sie ihre Eltern liebte und liebt, wie sie Gott liebte und liebt.

Die Freiheit, die sie durch den räumlichen Abstand zu ihren Eltern gewonnen hatte, wollte Elaine aber nicht mehr hergeben. Raum zu gewinnen, sei schließlich auch immer das leichtere Spiel, als ihn zu verlieren.

Auch hatte Elaine die Vorstellung des *perfekten Bildes.* Sie kannte damit verbundene Probleme aus ihrer eigenen Erfahrung als Illustratorin her. Wie oft hatte sie nicht schon ein an sich fertiges und also perfektes Bild *zu Tode korrigiert*, es tatsächlich so lange *verschönert, umgestaltet, verbessert*, bis es schließlich unbrauchbar und wertlos war. Elaine hatte Angst, das bislang *perfekte Elternbild* durch zu häufige Besuche Maldens auf die gleiche Art zu vernichten. So hatte sie auch nie wieder die *perfekten Urlaubsorte* ein zweites Mal aufgesucht, um sie nicht der erstandenen *Magie des Ersteindruckes* zu berauben und der Gefahr auszusetzen, jedem weiteren Urlaub, der ja doch stets daran gemessen würde, standhalten zu müssen – und – vielleicht noch viel schlimmer, tatsächlich standzuhalten.

In ihren Kinderträumen, die sich teilweise bis ins *hohe Studentenalter* fortsetzten, dachte Elaine stets an *das Viereck Gott, Vater, Mutter, Elaine*. Diese waren also die *vier Ecken*, die vier Zentren ihres Lebens gewesen, im Kindesalter, und waren es immer noch.

Elaine hatte sich stets gefragt, was passieren würde, wenn eine der vier Ecken wohl eines Tages stürbe. Dass dies niemals Gott sein würde, hatte sie *einfach mal so* vorausgesetzt. Denn, wenn Gott stürbe, *vor uns allen stürbe*, wozu sollten wir uns dann noch um ein gutes Leben bemühen? Warum sollten wir dann überhaupt noch leben? Wer arbeitet, sobald der Vorgesetzte das Gebäude verlässt? Leben wir nicht nur, um Gott zu gefallen? Wäre Gott tot, säßen wir wohl alle noch, ungewaschen und im Hausanzug, vor dem Fernseher, denn es ginge um nichts mehr! Wir würden die Zeit vertreiben, bis sie schließlich tatsächlich vertrieben wäre, uns alleine ließe. Am Ende wäre alles verlogen, vertrieben und tot. *Am Ende wäre alles am Ende!*

Elaine hatte in ihren Studienjahren Malden nur sehr selten besucht. Ihrer Einladung, sie *in der Stadt* zu besuchen, waren ihre Eltern nie nachgekommen. Nicht, weil sie ihre Eltern nicht liebte, sondern gerade, *weil* sie sie liebte, war sie ihnen ferngeblieben.

Das Wesentliche aus Malden hatte Elaine ohnedies, weit mehr als ihr zumeist lieb gewesen war, beinahe wöchentlich von Theo, und dies über nahezu dreizehn Jahre lang, erfahren. Während Theo um gute fünf Jahre länger studiert hatte als Elaine, hatte sich diese dementsprechend früh von der Studentenwelt verabschiedet, um einer Vollzeit-Arbeit als Illustratorin nachzugehen, denn *würde sie nicht zeichnen, um leben zu können, könne sie sich das Leben bald aufzeichnen.*

61

Die gemeinsame Wohnung teilte sich nun - mehr oder weniger über Nacht - von selbst in zwei Hälften. Zum einen gab es nun in der Zweieinhalbzimmerwohnung ein großes Arbeitszimmer, Elaines Bereich, das gemeinsame Studierzimmer und am Ende des Ganges, das gemeinsame Schlafzimmer. Früher hatte es jedoch neben dem Schlaf-und Studierzimmer ein gemeinsames Wohnzimmer gegeben. Theos Habseligkeiten wanderten wortlos nach und nach vom Wohnzimmer nach Malden und irgendwann folgte auch sein Bettzeug dahin.

Elaine hatte freilich anfangs alles versucht, um Theo zu motivieren, seine Lehrbücher in die Hand zu nehmen, und ein Wochenende in Malden zu streichen, hatte ihren Abschluss als Ansporn für Theo gesehen, endlich auch das eigene Studium zu beenden, doch alle Bemühungen hatten sich genau in die andere, in die *falsche* Richtung bewegt: Theo verlor jede Motivation, viel mehr noch, er hatte damit zu kämpfen, Elaines *vorzeitigen* Studienabschluss zu verkraften, anstatt um seinen eigenen Abschluss zu kämpfen.

An einem Montagmorgen schließlich, irgendwann im letzten Frühling dieses Jahres, war Theo aus dem Malden-Wochenende einfach nicht mehr zu Elaine zurückgekehrt, war einfach nicht mehr zurückgekehrt in ihr gemeinsames Leben - war nicht nur *nicht* zurückgekehrt aus Malden, sondern war wohl viel eher einfach dortgeblieben, und somit *zurückgekehrt*.

"Okay", stellte Eric fest, „Du willst oder kannst nichts von Dir erzählen, *ich* kann und will nichts von dem meinem erzählen.

Wir beide respektieren das, davon gehe ich jetzt einfach einmal aus. Hast Du Hunger?"

"Oh ja, ich könnte jetzt tatsächlich etwas vertragen", stimmte Elaine zu. "Vielleicht entsteht ja dabei oder danach ein besseres Gespräch zwischen uns" fügte sie hinzu.

Diesmal war es Eric, der den Auswurfknopf betätigte, allerdings *zwischen* zwei Liedern. Da war es also wieder, dieses *Dazwischen*! Er wusste auch nicht, warum er es eigentlich getan hatte - wohl am ehesten, um seiner Mitfahrerin vielleicht einen Gefallen zu machen, da er annahm, dass diese nicht sehr viel mit dieser - im Verhältnis zum Motorgeräusch eher ruhigen - Platte anfangen konnte. Eric wusste aber auch, dass sich nicht allzu viel bespielte Kassetten im Auto befänden. Die

Musik blieb also aus, Er nahm die aus dem Kassettenfach hervor lugende Kassette in seine rechte Hand und gab sie intuitiv Elaine in die Hand. Diese wusste auch sogleich, was zu tun sein würde und handelte wortlos dementsprechend.

Während Eric sich weiter auf den rechten Fahrbahnrand zu konzentrieren schien - tatsächlich tat er es, bei aller Bemühung, nicht - kramte Elaine erneut - diesmal aber im gesamtem Auto - herum und hielt schließlich eine Kassette, die sie unter dem Beifahrersitz, also augenblicklich *ihrem* Sitz fand, in ihren Händen.

Eric, beide Hände vorschriftsmäßig auf "zehn vor zwei" am Lenkrad haltend, wurde merklich nervöser. Wohl hatte er zwar wahrgenommen, dass Elaine eine Kassette in ihren zarten Händen hielt, nicht aber eben, um welches *Band* es sich hierbei handelte.

Zu jeder Musik würde er stehen, und das auch mit vollem Herzen und selbst im Sitzen am Steuer, was aber, wenn Elaine eine seiner sogenannten *Demo-Bänder* aus dem Staub der Vergessenheit geholt hätte, wenn sie also eine bespielte, und zwar eine beidseitig fünfundvierzigminütig bespielte Kassette aus dem

64

tiefen, tiefen Keller der Vergessenheit geholt hätte?

Was also, wenn sie ihn, Eric, *entblößt* hätte, trotz Regens und Kälte, einfach und ungeniert musikalisch *entblößt, nackig gemacht*? Bis auf die nackten Knochen entstellt fühlte er sich dann - wäre er es wohl auch tatsächlich, dachte er! Nackt, knochig, gefühllos.

"The Dark Side Of The Runes" entzifferte Elaine mühevoll die Handschrift auf der Kassettenhülle im Lichte der nach und nach erscheinenden Straßenlaternen, die zugleich die nächste Ortschaft ankündigten. "Was ist denn das für eine Musik?" wollte sie sogleich wissen. Eric, dem ständig eine ihm unbekannte Stimme *The Dark Side Of The Bones* einflüsterte, überlegte kurz, wieder einmal rechts heranzufahren, entschied sich dann aber doch dagegen. Wie weit sie wohl schon - oder erst - vorangekommen waren? Eric überlegte, ob er, seit er Elaine in sein Auto *aufgenommen* hatte, mehr *gefahren* oder doch mehr am rechten Straßenrand *gestanden* sei.

Ein Ziel hatte es wohl für beide nicht gegeben, weshalb, wie Eric dachte, wieder einmal der berühmte Weg wohl das eigentliche Ziel sei.

VII

Lebenslänglich

Auf seinem Weg ins ew´ge Leben

will dieses er auch and´ren geben.

Doch wer nicht glaubt an Gottes Mühlen

soll´s am eig´nem Leibe fühlen!

So reitet los der schwarze Ritter,

ein Kreuz auf seiner Brust.

Nach Sonnenschein folgt nun Gewitter,

nach Missmut nun die Lust.

Sein Schwert erhoben, im Namen des Herrn,

eilt er ins verlor´ne Land,

zu richten jene, die sich wehr´n

zu folgen seiner blut´gen Hand.

Schwarzer Ritter, rote Wut.

Tausend Liter totes Blut.

Schwarzer Ritter, Glauben sät.

Unkrautschnitter in Gottes Beet.

Tote Leiber versinken im Sand,

in kaltes Blut getränkt.

Schreie verstummen im fernen Land.

Gott denkt, doch sein Mensch lenkt!

Augenhöhlen und Häuser sind leer -

so der jüngste Bericht.

Das Festland wird zum Flammenmeer.

Lodern brennt das ewige Licht.

Elaine betätigte die Pause-Taste und starrte hinaus in die ewige dunkle Nacht zwischen den Laternen, in der es somit eigentlich auch gar nichts zu sehen gab. Eric lobte gedanklich zu allererst, dass Elaine das Lied, *bis auf den letzten Akkord*, ausklingen ließ. Er hasste es, wenn ein Lied im Radio angeblich *ganz ausgespielt würde*, schlussendlich aber dann doch der letzte Akkord abgewürgt oder schon währenddessen zu sprechen begonnen wurde. Dies war auch der Grund, warum er seit Ewigkeiten nicht mehr Radio hörte und es auch niemanden in seiner Gegenwart gestattete. Es waren nicht die belanglosen, oft stumpfsinnigen Moderationen, nicht die viel zu aufdringlich gestalteten Werbungen, die sich schließlich - im Vergleich zum Fernsehen - nur auf *ein* Sinnesorgan - stürzten, nein, eben diese *brutal abgewürgten Lieder* waren es, die Eric das Radio verleideten.

Nun blickte er also hinüber zu Elaine, und das Gefühl stieg in ihm hoch, irgendetwas zu sagen, freilich nichts *Belangloses, Stumpfsinniges.*

"Wollen wir vor der Autobahnauffahrt einkehren? In der Ortschaft davor gibt es ein kleines Pub, als welches ich es nun mal bezeichnen will, Du wirst es ja wahrscheinlich ohnehin kennen?" lenkte Eric von einem Thema ab, das eigentlich ja noch gar keines war, und frug sich zugleich, was er eigentlich auf der Autobahn wolle. "Du meinst wohl das Weinlokal, das *GuteNachterl*?" gab Elaine von sich. "Ja, genau, das meine ich" erwiderte Eric. "Allerdings wurde es schon vor Jahren neu übernommen und ist nun ein Bierlokal mit dem Namen *Betthopferl*", fügte er in leicht frech-besserwisserischem Ton, ganz seiner Art entsprechend, hinzu. "Wie auch immer, lass´ uns dort einkehren, mir brummt der Magen wie Deinem Auto der Motor!" schmunzelte Elaine.

Eric mochte Elaines Humor. Er mochte ihren Sarkasmus, ihre Stimme. Am meisten vielleicht aber ihre Unnahbarkeit. Das hatte Stil.

Als er den Zündschlüssel nach links drehte, und das Motorgeräusch verstummte, blickte er hinüber zu Elaine. Diese machte keine Anstalten einer feinen Dame, zu warten, bis der edle Herr - wohlgemerkt *vor* der Kühlerhaube - um das Auto herumschreitet, um der Dame die Türe zu öffnen und ihr helfend die Hand zum Ausstieg zu reichen. Vielmehr sprang sie aus dem Auto, ließ die Autotür mit einem heftigen Schwung ins Schloss fallen, und tanzte förmlich um das Heck des Autos zu Erics Autotür, um diese zu öffnen.

"Gentleman wird man nicht von heute auf morgen, das ist klar, wenn man aber als Dame wartet, bis der werte Herr ein solcher geworden ist, stirbt man wahrscheinlich vorher eines tragischen Hungertodes" - kritisierte sie, sichtlich amüsiert.

"Wir befinden uns ja augenblicklich gerade zwischen *Heute und Morgen* - mitten in der Nacht also - zumindest die Chance musst Du mir also schon noch geben" schoss es aus Eric heraus.

Ein weiterer *Zwischenzustand* doch nur.

Der Abend hatte sich nun endgültig der Nacht ergeben, und diese schien auch, so schnell nicht abtreten zu wollen von der *Tageszeiten-Bühne*. Zu dieser Jahreszeit hielt die Nacht das Land und die Stadt und die Land- und Stadtmenschen fest in ihren schwarzen Samthandschuh-Händen fest.

Sie spielt sich gerne, die Nacht, mit ihren Figuren, ihren *Opfern* gleich einer Katze. Nun hatte sie Elaine in der einen und Eric in der anderen Hand, und immer wieder ließ sie spielerisch Elaine von der einen in die andere Hand gleiten und Eric von der anderen in die eine. Und hie und da berührten die beiden einander dabei - freilich nicht ganz unabsichtlich. Die Nacht versteht viel von ihrem Handwerk. Und Samthandschuhe hinterlassen keine Fingerabdrücke...

Elaine und Eric waren *kulinarisch zufriedengestellt*. Wie lange mochte es wohl - für beide - her gewesen sein, als sie mit derartigem Hunger zu so später Stunde *eingekehrt* waren. Elaine musste unweigerlich an einen ähnlichen Moment denken, in dem sie, kurz vor ihrem Studienbeginn und also ihrer Abreise, gemeinsam mit Theo im damaligen *GuteNachterl* gesessen hatte. Damals war es wohl noch weit später gewesen, als es nun sein konnte, und die beiden waren von einer Feier in diesem Dorf *auf ein letztes Achterl* gekommen und im Anschluss tatsächlich noch mit ihrem rot-weiß-grün lackierten Tandem nachhause geradelt. Wie lange mochte das wohl zurückliegen?

Elaine versuchte, und es gelang ihr auch, weil sie es unbedingt wollte, gleich wieder diesen Gedanken zu verdrängen.

Eigentlich war es ja ein schönes Erlebnis gewesen, damals mit Theo. Und dann die Tandem-Fahrt, zurück in Richtung Malden, auf der sie in ein Feld abgebogen waren, und schließlich auf diesem, unweit der Bundesstraße, im Maisfeld sich geliebt hatten, Theo ihr *beigelegen* hatte, wie es wohl in der Heiligen Bibel zu lesen wäre, und beide *dabei* eingeschlafen waren.

Damals konnte Elaine, und wohl auch Theo selbst, nicht ahnen, dass er, Theo, seinen geliebten *Schmetterling*, jemals betrügen würde. Dass er Elaine nicht nur einmal betrügen, sondern über Monate ihr das heile Beziehungsleben, ja, das heile Liebesleben *vorgaukeln* würde. Dass Theo monatelang alleine wochenends nach Malden führe, wie er dies ja immer getan hatte, dass er

71

nun aber nicht zu seinen Eltern fuhr, sondern zu seiner Geliebten. Zu seiner Geliebten, alleingelassenen, trostsuchenden, Yvette.

"Wollen wir noch ein Bier trinken?" kam es aus Elaine heraus. Eric blickte diese verwundert an, fand jedoch sehr wohl Gefallen an dieser Idee. Er gehörte vielleicht zu den wenigen Männern (dachte er zumindest), denen auch eine, aus einem Glas und nicht nur aus einer Flasche Bier trinkende Frauen gefielen, ja, der dies sogar sexy fand.

Sosehr Elaine sich momentan, in Gedanken an Theo, unwohl gefühlt hatte, sosehr hatte Eric ihr augenblicklich das Gefühl der Sicherheit, der Vertrautheit gegeben.

"Zum Wohle, Unkrautschnitter" gab Elaine etwas schüchtern von sich.

"Du hast meine Stimme wohl erkannt?" antwortete Eric, ohne die Antwort abzuwarten. "Die Kassette, die Du durch Zufall gefunden hast, legt Dir auf einen Schlag beinahe mein ganzes Leben zu Füßen! Sie ist nur ein Puzzlestück, aber eines meiner beiden größten, wichtigsten: Die Musik. Vom anderen weißt Du ja bereits Bescheid: mein Sohn." gab Eric sich weiter zu erkennen.

"Deine zwei Säulen im Leben also?", fasste Elaine zusammen.

"Ja, meine zwei Säulen, auf denen das große, weiße Dach liegt.", so Eric.

"Du also? Stützt Dich auf Deinen Sohn und auf die Musik. Ein großes, schweres, weißes Dach. Wenn *Du* aber das Dach bist, *wen* beschützt Du vor Regen und Schnee?", wollte Elaine wissen.

"Ich stütze mich auf *zwei Säulen*, die mich tragen. Ich wiederum schütze diese vor Nässe, vor Wind und Wetter also. Eine Symbiose, wenn Du so willst, Elaine. Ich bestehe auf Grund meiner zwei Säulen, die es wiederum aber nur aufgrund meiner Existenz gibt, die es wiederum nur auf Grund dieser zwei Säulen gibt...!" verlor sich der philosophierende Eric.

"Und Deine Frau? Du bist doch verheiratet?"

"Meine Frau..." - Eric wollte in diesem Augenblick sogar nicht von Yvette sprechen, und zum ersten Mal, seit er sie an diesem Abend *verlassen* hatte, dachte er - *so richtig bewusst* - überhaupt an sie - "...meine Frau kann sich gerne unter das Dach stellen, und ich werde sie schützen vor Wind und Wetter. Ich schütze sie, *stütze* mich jedoch nicht auf sie!" betonte Eric.

Eric wurde nachdenklich. Nicht nur, dass er zum ersten Mal an diesem Abend an seine Ehefrau Yvette, dachte, beschäftigte er sich auch gedanklich mit dem Grund seiner spontanen Flucht. Warum war er denn wirklich nicht zurückgekehrt zu ihr? Warum war er überhaupt gegangen? Er versuchte sich, an das letzte Gespräch mit Yvette, kurz bevor er Zigaretten holen gegangen war, zu erinnern. Seine Gedanken aber verloren sich im Sand, im vom Regen durchnässten Sand, der dennoch mit *verspielter Leichtigkeit über eine Felswand hinunter schneite. Sanft, schwungvoll. Liebevoll, schimmernd. Seidensamtig....* Eric erschrak: Seine Gedanken hatten sich längst schon in Elaines Haaren verloren!

Elaine hatte die ganze Zeit über Erics Spiel mit der Zigarette beobachtet. Zu seinem Bier hatte er sich auch Zigaretten bringen lassen und nun saßen die beiden also gegenüber, und Elaine beobachtete, dass es Eric wohl mehr um die Gewohnheit ging, eine Zigarette zwischen den Fingern tanzen zu lassen, als um das Rauchen dieser an sich. Die Fingerkuppen seiner linken Hand, die auch die Zigarette zum Tanze aufgefordert hatte, wiesen allesamt tiefe Rillen auf. Freilich, nichts Außergewöhnliches für einen Gitarrenspieler.

Sehr wohl aber anscheinend für Elaine.

"Arthur wird bald dreizehn Jahre alt. Und er hat schon eine Freundin, Brigitta Anabelle. Ich habe ihm das Gitarre-Spielen schon beigebracht, noch ehe er eine Gitarre halten konnte! Tatsächlich machen er und Anabelle Musik, wenn auch, wie es heute so schön heißt, *auf Singer-Songwriter*. Arthur spielt Gitarre, Anabelle singt! Gott sei es gedankt, dass das arme Mädchen neben dem von ihrer *Gitta-Oma* vererbten Namen noch einen zweiten - eigentlich ja ersten - Namen vorweisen kann. Wie dem auch sei, die beiden machen Musik, und dies erfreut mein Herz. In *phonetischer Anlehnung* an Arthur und Gitta nennen sie sich übrigens *A-Dur Guitar*. Nicht zu erwähnen brauche ich wohl, dass alle Lieder in A-Dur geschrieben und auf der Gitarre gespielt werden..."

Eric wusste in diesem Augenblick selbst nicht, warum er lachen musste! Lachte er über sich selbst, über Arthur und Anabelle, über *A-Dur Guitar*? Lachte er womöglich nur aufgrund des viel zu hastig getrunkenen Bieres? Worüber auch immer er lachen musste, Elaine lachte - wenn vielleicht auch nur aus reiner Höflichkeit - mit ihm.

Eric lachte noch ein wenig, doch *dachte* dabei schon wieder viel ernsthafter nach. Und zwar über Arthur, seinen Sohn, der ihm doch in so vielen Dingen so sehr ähnelte. Er vermisste *seinen Buben*, vermisste seinen *kleinen Rockstar*, als welchen er ihn immer bezeichnet hatte und als welchen er ihn augenblicklich so sehr vermisste. Was er wohl nun, in genau diesem Moment, täte? Ob er auf seinen Vater gewartet hatte? Ob er seinen Vater nun hasse? Ob es in seiner Welt nun überhaupt noch einen Vater gäbe?

Arthurs bester Freund, Laurenz, hatte seinen leiblichen Vater nie kennengelernt. Seine Mutter hatte ihm einen Ersatzvater *vorgesetzt*, wie einer Katze einen Teller *schlechtgewordenen Fleisches*, er, Laurenz hatte sich instinktiv dagegen gewehrt, sich abgewandt von ihm, war dafür jedoch noch dazu von diesem *schlechtgewordenen Ersatzvater* geschlagen und schließlich zur geheuchelten *Ersatzvaterliebe* gezwungen worden, freilich stets in "Vier-Augen-Gesprächen", ohne Beisein der Mutter also, um das Verhältnis zwischen Ersatzvater und -sohn zu verbessern, wie es der „Vater" stets rechtfertigte. Laurenz´ Mutter wusste lange Zeit, auch Jahre nach der Trennung vom Stiefvater, nichts von den *Gesprächen unter Männern.*

Eric wollte nicht einer dieser *schlecht gewordenen Väter* sein, er wollte überhaupt nie *schlecht* sein. Wollte kein *schlechtgewordener Vater*, wollte kein *schlechtgewordenes Stück Fleisch* sein. Er wollte *es*, wollte *alles* anders machen - wollte seinen Sohn erst *in sicherer Hand* wissen, wollte abwarten, bis dieser *aus freien Stücken* das Elternhaus verließe, um alles vielleicht besser oder gleich wie er, sein Vater, zu tun oder seinetwegen sogar, um es schlechter zu tun, solange er aber nur aus freien Stücken handle!

Eric wollte immer anders, besser, sein, nun aber *war* er gar nicht. Noch nicht einmal *anders*! Nun war er überhaupt nicht zugegen.

Ist es besser, einen schlecht(geworden)en Vater zu

77

haben, als überhaupt keinen? Eric wollte nicht das *kleinere Übel* sein, nein, er wollte *Vater* sein, verdammt noch mal, er war es ja auch schließlich! Eric wusste, sein Sohn würde weniger oft von *seinen Eltern* sprechen, denn konkret von seiner *Mutter* und seinem *Vater*! Und es war verdammt noch einmal Arthurs Recht, schließlich hätten die beiden, Yvette und Eric, Mutter und Vater, die Eltern also, ihre Entscheidung getroffen, sich für ein *gemeinsames Kind* entschieden, sich selbst geschworen, immer für dieses alles zu geben. Arthur hätte schließlich nicht darum gebeten, in diese Welt *katapultiert* zu werden! Würde ihm dies aber schon angetan, so sollten zumindest die *Schuldigen* dazu stehen. Lebenslänglich.

VIII
Gottes Flügeln

Elaine blickte erwartungsvoll auf Eric, der immer noch genüsslich an seinem letzten Schluck Bier schlürfte, sichtlich, um etwas Zeit, wofür auch immer, zu gewinnen.

"Nun sag´ schon, es ist ja ohnehin nur Deine, und also *eine* Meinung" forderte Elaine Eric zur Antwort auf. Sie wollte wissen, in welchen Zusammenhang Eric den lieben Herrgott betrachte, erzähle er von seinem Sohn, von seiner Musik, von seinem Leben also.

Eric dachte an den *Unkrautschnitter*, den Elaine auch vorhin wieder erwähnt hatte. Er dachte an Kreuzzüge, an Blutvergießen, dachte an Glaubenskriege, dachte an den Tod, an Gott, an einen toten und auferstandenen Gott, dachte an Tod nach dem Leben und an Leben nach dem Tod, dachte an das Licht und das Nichts, dachte an seine Musik und an seine Texte. Lose Worte schwirrten in seinem Kopf herum, Worte, die er nie zu Papier zu bringen imstande gewesen wäre. Nun schwirrten sie vor seinen Augen herum, greifbar nah, sich in jedem

Moment auf sein Knie setzend. *Von der Mutter ein Brief...*

"Diese Worte, diese Texte, Elaine, drücken nur annähernd aus, was in meinem Inneren vorgeht, was in meinem Inneren blüht, verblüht - verwelkt. In Worte alleine kann ich oft nicht fassen, was ich sagen will, so lasse ich die Musik dazu spielen. Aber auch dann ist es oft nicht ausreichend. Ich brauche also noch Bilder. Habe ich aber keines dieser Bilder, muss ich meine Worte, meine Sätze - meine Sprache - in genau diesen Bildern *sprechen lassen.*

Erzähle ich vom Schwarzen Ritter, so hat sich zuvor ein Bild in mir geformt, haben Sätze, Wörter, *Worte* sich in mir verselbständigt. Ich habe sie eigentlich nur noch zu Papier zu bringen, bin - sozusagen - lediglich der Schreiber, unparteiisch, austauschbar. Ein Sprachrohr, ein Schriftführer. Niemals aber würde ich mir anmaßen, über Gott zu sprechen, geschweige denn zu urteilen. In meinen Liedern spreche ich über all jene, die sich eben genau dieses Recht herausnehmen. Ich verurteile all jene, die verurteilen, strafe all jene, die strafen, richte all jene, die hinrichten.

So verurteile, strafe und richte ich hin - bin also ebenso wenig ein Heiliger. Doch, dies zu sein, gebe und gab ich auch nie vor. Ich glaube! Glaube auch an all jene, die *nicht glauben!* Glaubst Du an einen Gott?"

"Glaubst Du an Deine Familie?" konterte Elaine?

Eric verstand und bestellte noch zwei kleine Bier. Diese standen auch alsbald vor den beiden auf dem runden Holztisch, im Eck beim Fenster. Das Lokal war gut besucht und demnach auch ziemlich verraucht, was sogar den rauchenden Eric störte.

Er beobachtete Elaine, die es vorgezogen hatte, auch im gut geheizten Lokal die Lederjacke anzubehalten. Eric gefiel die Art, wie Elaine seine Jacke trug. Den Kragen hatte sie etwas aufgestellt und natürlich war sie ihr zu groß, dennoch passte es ihr irgendwie, machte keinen lächerlichen Eindruck. Von den Raumschiffen darunter wussten freilich nur die beiden, was Eric gefiel. Ein, wenn auch gewiss belangloses Geheimnis, mit seinem charmanten Gegenüber zu teilen und zu hüten.

"Was ist mit Dir, Elaine? Wird Dich genau jetzt jemand vermissen?" wollte Eric wissen. Elaine wusste, dass diese Frage früher oder später zu beantworten sein würde, und eigentlich sollte es ja auch kein Problem sein, darüber zu reden. Würde sie dabei nicht an ihren gekränkten Vater, an ihre enttäuschte Mutter und vor allem an den von ihr verachteten Theo denken müssen.

Vielleicht, so dachte sie, sei es aber auch gut, genau jetzt und mit Eric darüber zu reden, um nachher nie mehr darüber reden zu müssen. Ohnehin könne sie dem Gedanken nicht ewig ausweichen und auch nicht das Thema totschweigen und überhaupt war sie beim dritten Bier. Wann also, wenn nicht jetzt?!

"Ich trage an sich nicht gerne so feine Kleider, wie ich es heute trage...trug. Du hast es vielleicht ja auch gar nicht mitbekommen?"

"Oh doch, ich habe..." warf Eric ein, ehe er jedoch gleich wieder unterbrochen wurde.

"Heute aber", fuhr Elaine also fort, "ist der sechzigste Geburtstag meines geliebten Vaters, und dies ist auch der Grund, warum ich überhaupt in Malden bin. Du hattest Recht, ich bin nicht von Malden. Nicht mehr! Als ich Malden verließ, gab es den Wochenmarkt auch noch gar nicht, woraus ich aber wiederum schließe, dass Du noch gar nicht so lange hier wohnst!". Elaine grinste Eric *liebfrech*, wie er es dabei empfand an, und erzählte weiter: "Mein Vater feiert heute also seinen sechsten runden Geburtstag und ich bin selbst erst heute nach Malden gekommen, sozusagen nach der Arbeit in den Zug gestiegen und direkt hierhergefahren, bin mit dem Taxi zum Haus meiner Eltern - wo übrigens, wie mir gerade einfällt, immer noch mein Koffer vorm Haus steht - gefahren, als ich *sein* Auto in der Einfahrt stehen sah. Das Auto jenes Menschen, mit dem ich jahrelang zusammengelebt habe, dem ich alles gab und gegeben hätte, bis..." Elaine stockte und nahm einen großen Schluck.

"Bis er Dich schließlich betrogen hat?", ergänzte Eric, Elaines Pause nutzend, um auch endlich zumindest einen Satz beenden zu können. "Es war klar, dass Du Dir diesen Satz selbst zu Ende denken kannst" gab Elaine mit leichtem Unterton von sich und stellte schwungvoll das Bierglas auf den Tisch.

Eric spürte, wie weh es Elaine in diesem Augenblick tat, *davon* zu berichten und er verzichtete auf eine Richtigstellung, womöglich auf eine Rechtfertigung, auf ein drohendes "Alle-Männer-sind-Schweine-Gespräch". Dafür war der bisherige Abend, mit all seinen anfänglichen Rohheiten, viel zu schade, um ihn nun mit

83

Gedanken an Elaines - offensichtlichen - Ex-Freund zu zerstören. Eric ergänzte weiter: "Und Du hast das Auto vor dem Haus stehen sehen, hast kurzentschlossen umgedreht, und bist zur Autobushaltestelle geflohen, ja?"

"Er saß da, saß mit meinem Vater am Tisch und trank einen Whisky. Ich habe die beiden durch das Fenster beobachtet, und auch meine Mutter, die mit anderen Gästen fröhlich plauderte. Mein Vater schließlich legte sogar freundschaftlich seine Hand auf Theos Schulter. Was immer er ihm zu sagen gehabt haben mag, mein Vater trank Whisky und legte freundschaftlich seine Hand auf die Schulter jenes Menschen, der mir bisher das größte Leid im Leben zugefügt hat!" gab Elaine leise von sich.

Eric nahm nun auch einen großen Schluck aus seinem beinahe geleerten Glas. Er spürte das Bier nun schon viel zu stark, um später noch Auto zu fahren, und wohl auch schon, um gelassen über ein solches Thema zu plaudern. "Soll ich mit ihm reden, ihn zur Rede stellen? Soll ich..." Erics Stimme wurde dezent lauter. "Ob Du ihn am Straßenrand niederfahren und im Feld des Schnapsbrenners vergraben sollst? Nein!" sagte Elaine bestimmt, ohne anzunehmen, dass Eric wüsste, welches *Feld* tatsächlich gemeint sei. Aber es hatte ihrer Meinung nach momentan einfach so gut *hineingepasst*. "Ihn nicht, aber Theo vielleicht" fügte sie schmunzelnd hinzu.

"Ich habe natürlich nicht von Deinem Vater gesprochen, als ich meinte, ob ich *ihn*...! Elaine, ich meinte, ob..." Eric verlor sich in seinem eigenen Satz, fand sich darin auch nicht mehr zurecht und spülte so die verschluckten Wörter mit dem restlichen Schluck seines Bieres hinunter. *Jetzt lässt Elaine mir Zeit und Raum – endlich -, meine Sätze zu beenden, aber jetzt habe ich nicht mehr die Kraft, die Fähigkeit, einen meiner Sätze, diesen Satz, diesen laut gedachten und doch noch lange nicht zu Ende gedachten ...äh...selbst zu...äh, und überhaup*t schwirrte es in Erics Kopf, und er begann sich Sorgen zu machen, wer denn eigentlich *Eigentümer jener Stimme* sei, die da so in seinem Kopf auf ihn einhämmerte.

Freilich, er hatte seine Stimme schon oft genug auf Tonband gehört, wenn auch zumeist nur in Form *verzerrter, gegrölter, abartiger, düsterer Metalstimme*. Doch, gerade jetzt, nach seinem erhöhten Biergenuss war keine Verzerrung, kein Gegröle, keine Abartigkeit und schon gar nichts von düsterer *Metalstimme und Metalstimmung*

85

zu verspüren, nein, trotz Schleiers vor seinen Augen war alles klar wahrzunehmen. Manchmal, so dachte Eric, muss man abheben, um wahrzunehmen, dass es einen Boden unter den Füßen gäbe.

Elaine fand den leicht angetrunkenen Eric amüsant, und wollte sich auch gar nicht mehr über ihren Vater und noch weniger über Theo unterhalten. Nichts außerdem war dem hinzuzufügen. Sie hatte es gesagt, hatte ausgesprochen, was ihr so sehr am Herzen lag, und hatte inzwischen auch schon das Bier, mehr als es sich für eine Dame geziemen vermochte, gespürt.

Naja, als die feine Dame hatte sie sich ohnehin nie gefühlt gehabt, und feine Kleider trug sie auch nur an *runden Geburtstagsfeiern*, denen sie nicht beiwohnte...

"Ich brauche unbedingt etwas frische Luft, bevor wir die Autofahrt fortsetzen" stellte Eric klar, doch Elaine dachte nicht mehr daran, wieder in das Auto einzusteigen, und nahm Eric zudem noch vorsichtshalber den am Tisch liegenden Autoschlüssel ab.

Vorbei am schlummernden, erschöpften Auto schlenderten die beiden in Richtung der Felder am Ortsrand. Ein kleiner Ort, *bei Gott nicht aufregend*, wie Eric loswerden musste. "Gott ist in allem und jeden zu finden, scheint es auch noch so wenig aufregend. Gottes Gegenwart also ist es, die jedes noch so kleine Sandkorn aufregend macht!" belehrte Elaine, ohne darauf eine Antwort zu erwarten und schloss ihre Augen im selben Moment und drehte und drehte sich bis alles um sie sich mit ihr drehte und über ihr die Sterne hastig ihre *Sternenfunkenspiralen* zogen.

"Komm´, Eric, versuche es doch auch einmal! Breite Deine Arme aus, versuche nach den Sternen zu greifen, drehe Dich, atme die kalte Luft ein und aus und ein, schließe Deine Augen, öffne sie wieder, summe Dein Lieblingslied - Du hast doch eines? - nein, singe es, noch besser, *schreie* es aus Dir heraus! Hör nicht auf, Dich zu drehen, nimm die Welt um Dich wahr, die Häuser, den Kirchturm, die Felder, die Sterne, die Gedanken, die versuchen, Dich nicht aus ihren Augen zu verlieren, und es doch nicht schaffen! Sei schneller als Deine Gedanken, Eric, fliehe, *entfliehe* Ihnen. Befreie Dich von Deiner Last! Hör´ nicht auf, Dich zu drehen, bis Du den Boden unter den Füßen nicht mehr spürst, bist Du fliegst! Die Menschen brauchen keine Flügel, um fliegen zu können, sind die doch selbst Flügeln. Gottes Flügeln!"

Elaine hatte Erics Stimme vermisst, hielt inne und hatte sichtlich große Probleme, das Gleichgewicht zu halten, was ihr dennoch gelang. Wo war Eric? Ihr Blick schweifte über die weiten Felder, die in der Dunkelheit sich vor sie wie das offene Meer legten, als Elaine sie mit einem Lächeln auf ihren Lippen entdeckte: eine, mit beiden Armen ausstreckende, sich um ihre eigene Achse drehende, dunkle, *vogelscheuchenähnliche* Gestalt, lauthals Pink Floyds *High Hopes* in die unendliche Nacht schreiend.

Losgelöst, in seiner sich um ihn kreisenden Welt schwebend schien Eric also, selbst das Glockengeläute im Lied wahrzunehmen.
Fernab schwebender und kreisender Welten wehten jedoch nur die Glockenklänge der die Mitternacht einläutenden Turmuhr im Dorfe über die Felder.
Nebelfelder, Sterne, Glassterne. Eisige Kälte kroch hinterlistig in die Gewänder der beiden

Novembernachtniemandslandsmenschen, und ließ sie bitterlich frieren. Eric fühlte sich unwohl und hatte damit zu kämpfen, sich nicht zu übergeben. An eine Weiterfahrt war nun auch für ihn (spät aber doch!) endgültig nicht mehr zu denken. Er schlenderte in Elaines Richtung und legte seine Hand auf ihre Schulter. Genauso, wie ihr Vater es bei Theo getan hatte, genauso liebevoll, doch natürlich irgendwie anders, dachte Elaine und blickte Eric in die Augen, spürte und genoss die Wärme, die seine Hand auf sie übertrug.

Ob er sie küssen wollte? Und wenn ja, was solle sie tun? Den Kuss abwehren? Erwidern? Was hatte sie zu verlieren? Kann man nicht nur verlieren, was man einst besessen? Wollte sie gar, dass Eric sie küsse? Fragen durchschossen ihren Kopf, ihr Herz, wärmten sie ganz plötzlich vom Innersten her, wie ein alter Kachelofen eine ausgekühlte Stube. Elaines Herz pumpte, nein, *pumperte* heftig in ihr.

Sie spürte, wie die innere Wärme angenehm in ihr hochstieg. Sie spürte ihre Finger wieder leben, spürte es kribbeln, spürte, wie sie auftauten. Elaine spürte Verlangen, spürte Erics Atem auf ihren geschlossenen Augen, spürte seine Lippen auf den ihren.

Dem Kuss, dem unausgesprochenen Gesagtem, dem ferngehaltenen Wunsch schon so nahe, und doch entglitten.

Eric hatte Elaines Lippen, ihre sanften, im Licht der Nacht glänzenden Lippen berührt, hatte sie liebevoll berührt, ehe er sich abwandte und zu Boden stürzte.

Glockenschlag.

Für einen kurzen Moment hatte er sie also berührt, ehe er *Mutter Erde küsste.* Elaines Lippen. Elaines Lippen, die hie und da glänzten und beinahe leuchteten. Elaines Lippen, die sich so hastig und heftig bewegt hatten. Im Auto und im Lokal und die nun, im Licht der Nacht, im *Novemberlicht der Nacht* hoffnungsvoll erstarrt zu sein schienen. Es war ein Glänzen, ein Leuchten weiblicher Lippen, in das man sich durchaus schnell verlieben konnte, ja musste. Es war das Licht der Weiblichkeit, das auf die Säulen der Männlichkeit niederschmetterte. Es war die *andere, die jenseitige Welt,* die diesseitige Männer stets zu fürchten hatten: das anregende Licht, das man am Ufer des Diesseits wahrnehmen konnte, blickte man sehnsüchtig ins Jenseits hinüber. Es war etwas, das es nicht geben durfte, hier auf dieser Welt, dass sehr wohl aber, Gott sei es gedankt, existierte. Es war der giftige Apfel, in den man, trotz allen besseren Wissens, dennoch gerne hineinbeißt und schließlich war es der Tod, den man in Kauf nimmt, nur um einmal bloß den Himmel zu berühren, wenn auch nur mit der Spitze des kleinen Fingers.

Und wieder reimen die Herzen
ihr müdes Leid auf Schmerzen...

IX
Ende. November

Ein weiterer, für diese Gegend jedoch durchaus typischer Morgen, brach an. Nichts Ungewöhnliches also. Mal wieder. Die eisige Kälte, die sich am Vorabend in den Feldern zur Ruhe legte, schien sich nun, mit dem Aufgang der Sonne, Arm in Arm wieder emporzuheben, oder aber auch *Gleichsam aus verwachsenen Gräbern emporsteigenden Skeletten streckte der Morgennebel liebevoll seine Hände der Morgensonne entgegen...*

Eric hielt seine Augen noch geschlossen, als er sich in alle Richtungen streckte und demnach sogleich mit beiden geballten Fäusten ungewollt gegen die Innenseiten der Autoscheibe trommelte.

Seine Augen öffneten sich nun zu Gänze, als er das volle Ausmaß seiner Eingeschränktheit: er also im Auto sitzend, wahrnahm. Da lümmelte er also wieder mal auf dem Fahrersitz seines alten Fiats. Ob man Meldezettel eigentlich auch für Autos ausstellen könne, schoss es ihm durch den schmerzenden Kopf.

93

Entgegen des Vorsatzes, aus dem Fiat zu *steigen*, stolperte und kroch er folglich doch vielmehr aus diesem. Eric hatte *massive Probleme*, sich an den gestrigen Abend zu erinnern. Dennoch: an Elaines Namen konnte er sich sofort erinnern, und, dass da noch etwas war...! Er hatte es wohl doch vergessen, aber irgendetwas hatte es seiner Meinung nach zu tun mit Glanz und Leuchten und Glockenschlag oder so. Und überhaupt: wie hieß er selbst eigentlich nochmal?

Eric Griff in die linke vordere Hosentasche und fand zu seiner Verwunderung tatsächlich eine Packung Zigaretten und darin auch halbwegs brauchbare *Räucherstäbchen*. Der gewohnte Griff nach seinem Feuerzeug in der rechten hinteren Hosentasche war jedoch hingegen enttäuschend....

Kurzentschlossen begab er sich wieder zu seinem Auto, watete durch den feuchten Feldweg hin zu seinem treuen Fiat, um nach einem Feuerzeug zu suchen. Er bemühte sich freilich, Elaine nicht zu wecken. Elaine, die wohl am nach hinten geklappten Beifahrersitz schlief. Elaine, die doch wohl hoffentlich überhaupt im Auto war, sei es auch auf der Rückbank schlafend. Elaine,

94

die...Elaine!? Wo war Elaine?

Ehe Eric sich diese Frage allerdings zu beantworten suchte, konzentrierte er sich auf die, für ihn in diesem Moment weitaus wesentlichere, *lebensnotwendigere* Frage nach seinem Feuerzeug. Denn: Kein klarer Gedanke ohne Zigarette, keine Zigarette ohne Feuer, kein Feuer ohne Feuerzeug, kein Feuerzeug ohne klaren Gedanken daran, wo denn dieses sich befinden könne...

Manche Tage scheinen mehr als nur 24 Stunden zu haben und manche Biergläser mehr als die vorgeschriebene Menge an Bier in sich.

Und: Manches Leben gibt mehr, als es verspricht.

Eric lehnte an seinem alten Fiat, ließ die, schlussendlich angezündete und nun schon wieder beinahe abgebrannte Zigarette durch seine Finger gleiten, um sie schließlich, vor seinen Füßen liegend, rhythmisch dem Erdboden gleich zu machen. Niemals würde er eine Zigarette an seinem alten, ja, ältesten (be- und beistehenden) Freund, ausdämpfen.

Erics Augen verfolgten eine kleine Wolke, die sich schlussendlich geschickt hinter der Krone eines Birkenbaumes zu verstecken wusste. War Elaine vielleicht auch hinter dieser Birkenkrone zu finden?

Wo war Elaine nur? Warum hatte sie ihn verlassen? Hatte sie ihn überhaupt *verlassen*? Gab es ihn, *den* Kuss? Und wäre es zugleich nicht besser, gegebenenfalls gar nicht davon zu erfahren? Und Yvette...! Sollte er, Eric, also nicht eher froh sein, seine Begleiterin *verloren* zu haben, und glücklich, *bekehrt* zurückkehren? Es wäre wohl eine Kleinigkeit, Yvette eine Autopanne oder dergleichen vorzulügen: „Habe die Nacht im, in den Straßengraben abgerutschten Wagen verbracht" bis hin zu „habe Zigaretten holen wollen, als Nachbars Hund, offensichtlich losgerissen, das Weite suchte und ich mich kurzentschlossen in das Auto setzte, um ihm zu folgen. Mit leerem Tank, den Köter aus den Augen verloren habend, dann irgendwo zwischen *Hier* und *Da* (aha: dazwischen) eingeschlafen, weiß nur so viel, dass mein Handy kein heimisches Netz mehr orten konnte und ich von Lassie träumte!".

Die Geschichte mit Lassie hätte Yvette ihn wahrscheinlich sogar noch abgenommen, nicht aber die das Handy betreffende Lüge, hatte das Handy doch nichtsahnend und einsam die letzte Nacht am Küchentisch zugebracht gehabt.

Beinahe alles hätte Eric also seiner Yvette wohl erzählen können, und sie hätte es ihm wahrscheinlich auch geglaubt, aber Eric dachte nicht daran. Er dachte überhaupt nicht an Yvette, nein, vielmehr dachte er ständig und mitunter sogar *unanständig* an Elaine.

Doch, wo war sie? Warum hatte sie das Auto und damit Eric und schließlich die gemeinsame Geschichte mit dem gerade einmal achten Kapitel schon wieder verlassen? Eric blickte auf die Uhr am Armaturenbrett, die immer wieder noch, zu seiner Verwunderung, die korrekte Uhrzeit verriet: 7:17. Mitten in der Nacht (naja – Künstler eben!!) also. Auf der Rückbank, fein säuberlich zusammengelegt, entdeckte Eric nun auch Arthurs Raumschiff-Pullover, Yvettes Wickelrock und Omas Decke. „Kein spontaner Entschluss also", dachte er und ließ sich, beinahe schon in alter Gewohnheit, auf dem Fahrersitz nieder. Im Handschuhfach kramte er nach einer Kassette, jedoch ohne Erfolg. Also zwang er sich selbst dazu, sich zu erheben, um eventuell zwischen den Sitzen zwischen abgebrannten Zigaretten, Bierflaschenstöpsel und einzelnen Socken eine Kassette zu ertasten. Als ersten kleinen Höhepunkt an diesem anbrechenden Tag des Eric könnte man durchaus den

Fund einer weiteren Pink-Floyd-Kassette unter dem Beifahrersitz bezeichnen. Ausgerechnet *The Division Bell*, darauf einer Eric Lieblingslieder

mit seinem *Kirchenglockengeläute*, jenseits und diesseits aller nächtlichen *Novembernebelfelder*. Ein Zeichen?

Eric schob die Kassette in das Kassettenfach, spulte vor bis beinahe zum Ende der zweiten Seite. Es wird wohl nicht das erste Mal gewesen sein – beachtet man, mit welcher Präzession Eric die treffende Stelle auf Anhieb gefunden hat. Eric lehnte sich zurück, versank im Fahrersitz und in Gedanken.

Woran er dachte? Nun, das wusste er selbst nicht so recht, bis er in seinen Gedanken plötzlich Elaine, die durch den Regen seinem Auto nachlief, deutlich im Rückspiegel erkannte. Ein Abenteuer, ein *neues, anderes Leben*, das ihm im wahrsten Sinne des Wortes nachgelaufen war. Eric könnte wohl also mit Recht behaupten, vom Schicksal eingeholt worden zu sein (sieht man davon ab, dass er an den Straßenrand fuhr, um dieses ihn auch tatsächlich einholen zu lassen), um somit jede Schuld von sich weisen. Doch, wäre das Wort *Schuld* nicht schon zu Unrecht gesprochen? Hatte Eric

98

überhaupt *Schuld*? Und wenn ja, weswegen? Hatte er Yvette irgendetwas verheimlicht, ihr Unrecht getan, sie betrogen, sie hintergangen, ihr Vertrauen missbraucht?

Seine Gedanken nahmen wieder Kurs auf das weite Ufer *Gegenwart*, und sein Blick schweifte nun über die schweigsamen, im Morgennebel getunkten Felder. Vielleicht war es auch genau diese Schweigsamkeit, die sich langsam, wie ein zäher Nebel, zwischen Yvette und ihn eingeschlichen hatte.

Ende November. *Ende! November* wohl viel eher, korrigierte Eric augenblicklich selbst seinen Gedanken, seinen heimlichen Titel für diesen Lebensmoment, für diesen *sterbenden November*.

Von Tadeusz, seinem Bassisten aus Krakau, wusste Eric, dass im Polnischen der Monat November *Listopad* genannt wurde. Diese Bezeichnung und ihre Bedeutung „Laubes Fall", (*oder so ähnlich, auf jeden Fall fällt das Laub von den Bäumen*) hatte Eric immer schon als sehr poetisch und viel aussagekräftiger als die *trockene* Bedeutung des Novembers empfunden, zumal er selbst Eric Laub hieß. Nun also war doch wieder die Zeit des Laubfalls gewesen und plötzlich sah Eric auch nicht mehr nur das

Ende des Novembers, sondern spürte die Bewegung jedes einzelnen Blattes in sich, spürte den Novemberwind, konnte das Rascheln der Blätter hören, sah die Farbenpracht eines *Endnovemberblätterwaldes* in allen Farben vor sich und spürte schließlich, dass dieser Tag nicht als Ende, sondern vielmehr als *Wende* zu verstehen sei. Laubes Fall – jedoch kein Fall von einem Ast, gar vom Felsenrand, nein, vielmehr war es sein *zu lösender Fall*. So schloss Eric seine Augen und öffnete sein Herz...

Im Fall des Laubes
fall´n sie mit,
die Sehnsucht und das Leid.

Es wird, ich glaub´ es
für den Schritt
nach vorne endlich Zeit!

X
Die Farben des Lebens

Es war ein unsägliches Knurren, das da zu vernehmen war. In einem Film oder einem spannenden Buch erwartete man an dieser Stelle wohl sicher einen hungrigen Wolf oder Bären. Nun, im wahren Leben spielt es meist doch nur das zu Erwartende, holt einen also ja doch nur das ein, wovor man zu flüchten können glaubte, das, was man nie aussprechen wollte, weil es zu tragisch banal geklungen hätte und welches einen nun aber doch fordernd auf die Schulter klopfte...

Und was also war nach einer Zugfahrt, einer Autofahrt und ein paar Bieren, gefolgt vom Tanz im Nebelfelde und einer Übernachtung am Beifahrersitz eines Autos, von dem unklar war, ob es selbst oder sein Besitzer älter war, auch anderes zu erwarten als ein hungriger und also knurrender Magen der Elaine?

Elaine war unausstehlich, wenn sie schlecht und noch dazu zu wenig geschlafen hatte, zudem auf ihre morgendliche Wäsche, und auch noch auf ihren Kaffee verzichten musste.

In ihrem noch immer nicht zur Gänze getrockneten Kleidchen, das sie sich wieder angezogen hatte, und in Erics Lederjacke darüber schlenderte sie über Feldwege entlang in Richtung Malden. Warum nur hatte sie sich Erics Lederjacke (an)behalten? Nun, zum einem wohl aus einem ganz einfachen, *tragisch banalen* Grunde: sie wärmte, wenn auch nicht übertrieben stark. Doch, und das gestand Elaine sich auch ein, war es schließlich *Erics* Jacke. Soviel war nun also schon mal klar, nicht ganz so einfach hingegen war zu beantworten, ob sie, Elaine, die Jacke behielt, weil es eben Erics Jacke, ein *Andenken* also, war, oder, weil damit zu rechnen war, dass dieser sie – zumindest die Jacke – suchen, wiederhaben wollen würde. War der *Diebstahl* der Jacke also etwa nur Mittel zum Zweck, sollte er lediglich ein Wiedersehen zwischen Eric und Elaine bezwecken, abgesehen natürlich von nostalgischen Gründen seinerseits? Sollte die Jacke vielleicht nur das versteckte Schicksal spielen, das die beiden tatsächlich schon längst zusammengeführt hatte? Sollte die Jacke womöglich also nur *aussprechen,* worüber bislang geschwiegen wurde? Warum aber war Elaine dann gegangen? Warum hatte

102

sie frühmorgendlich den alten Fiat und Eric - mit dessen Lederjacke - verlassen?

Eric hatte Familie, hatte Frau und Kind, wobei Elaine bei ihrem Entschluss wohl mehr an Arthur, Erics Sohn dachte, denn dieser bliebe schließlich immer Erics Sohn, bei der Ehefrau sei dies ja schon *nichtmehr so selbstverständlich*. Gott führt zusammen, das wusste Elaine, und das respektiere sie auch, und dem wollte sie sich auch überhaupt nicht entgegenstellen. Bloß: *Wen* wollte Gott nun aber vielleicht eigentlich zusammenführen?

Elaine schlenderte weiter und weiter und es war wohl doch ein weitaus längerer Weg gewesen, den die beiden da in der letzten Nacht zurückgelegt hatten, denn Elaine war wohl schon eine geraume Zeit unterwegs gewesen, doch immer noch konnte sie noch nicht einmal die Spitze des Maldener Kirchturms sehen, und dies lag wohl nicht nur am Nebel, der das Land verträumt liebkoste. Tatsächlich waren es mittlerweile nur ein paar Krähen auf leblosen Feldern, die aus dem Nebel herausstachen. Elaine fand Gefallen am friedlichen Moment, in dem sie von scheinbar endlosen Feldern umgeben zu sein schien, und versank einen Moment lange in ihren Gedanken...

Ein Schwarz-Weiß-Bild in einer Welt voller Farben. Hätte ich jetzt meinen Fotoapparat bei mir, ich bräuchte keinen Schwarz-Weiß-Film einspannen, um stimmungsvolle Bilder zu erzeugen, würde nur die bunte Natur in ihrer Novembersprache sprechen lassen, müsste nur die Augen aufmachen, um die Vergessenheit zu sehen. Gott gibt uns Bilder in Schwarz-Weiß, lässt seine Menschheit in Farben denken; jeden Menschen, jede Menschheit in ganz unterschiedlichen Farben, weshalb wir alle alles verschieden sehen, wahrnehmen. Weshalb also jede Farbe Millionen Schwestern und Brüder hat. Sehe ich nun aber die Welt, die tatsächliche Welt vor meinen mir von Gott gegebenen Augen in Schwarz-Weiß, so scheint es, als sähe ich diese Welt unmittelbar, unverfälscht und direkt mit den Augen Gottes. Es scheint, als befände ich mich – im wahrsten Sinne des Wortes - augenblicklich am Ende der (zumindest aber einer) Welt, weit, weit entfernt der Menschheit, des Lebens, Gottes und bin doch genau in diesem Moment diesen am nächsten - vielleicht sogar das einzige Mal im Leben. Nichts lenkt hier ab von Gott, nichts verwehrt meinen Blick auf ihn, nichts und niemand stört. In diesem Moment ist das Leben auf das Wichtigste, das eigentlich Lebenswerte reduziert: Mein Glaube, meine Gedanken, meine Gefühle!

Für Elaine war es wohl nicht bloß als Zufall anzusehen, dass sie vorbeikam an einem Holzkreuz, mitten im Felde stehend, gewidmet einem verunglückten Jungbauern Maldens. Neben dem Kreuz standen zwei hölzerne Gefäße mit Kunststoffblumen, die Elaine auf den ersten Anblick missfielen. Es war nicht die Zeit für Blumen, es war doch schon mitten im Herbst, warum also diese Kunstblumen? Warum Blumen erschaffen, wenn es diese nicht geben soll? Und haben Kunstblumen tatsächlich etwas mit Kunst gemein? Und warum heißt es *künstlerisch* und *künstlich* aber zwischen Kunstobjekt und Kunstblume würde kein Unterschied gemacht? Oder würde dies etwa sehr wohl der Fall sein? Und, würde Gott es gutheißen, gegen seinen Willen *Blumen* Ende November *erblühen* zu lassen, noch dazu am Fuße (s)eines Kreuzes?

Der Bauer war, so stand es in kurzen Worten geschrieben, an einem Wintertag an eben dieser Stelle so unglücklich gefallen, dass er sich nicht mehr erheben konnte und schließlich erfror. Elaine erinnerte sich nun aber ganz genau an diesen Vor- diesen *Unfall*, der sich *damals*, kurz bevor sie Malden verlassen hatte, ereignete und alles andere als ein Unfall gewesen war. Der Jungbauer war tatsächlich infolge eines sogenannten *Goldenen Schusses* gestorben. Warum er sich diesen ausgerechnet an dieser Stelle zu dieser Jahreszeit verabreicht hatte, war den wenigen, die davon wussten und es zu *verschweigen* wussten, unklar und man schloss demnach auch Selbstmord nicht aus. Elaine hatte ihn sogar flüchtig gekannt gehabt, den Neffen des Schnapsbrenners. Nun stand es also da, das Kreuz, ihm zu Ehren, mitten im Feld, mitten im Nebel, schwarz auf weiß, sozusagen. Das Kreuz eines Selbstmörders, inmitten Gottes farblosen, *unbelecktsten* Stück Erde.

Elaine kniete nieder zum Kreuze, bekreuzigte sich, nahm symbolisch eine der Kunstblumen in die Hand, um sie dann erneut wieder in das Holzgefäß zu stecken und betete. Sie betete zu Gott. Betete zunächst für den jungen Bauern, dessen Namen sie entweder vergessen hatte oder nie wusste, betete für ihren Vater, der nun sechzig Jahre und ein Tag alt war, betete für ihre Mutter,

106

betete für Eric, für seine Familie, ja, betete sogar für Theo und zuletzt für sich selbst. Ob Gott wusste, was es mit dem Kreuz auf *seinem Felde,* auf seinem *Acker,* auf sich hatte? Und wenn nicht, solle sie ihm davon erzählen? Und warum geht jemand freiwillig in den Tod, hinterlässt der Nachwelt mehr Schmerzen, als er selbst wohl jemals verspüren hätte können? Und wie es ihm, dem Jungbauern, wohl genau in diesem Moment, in einer *grauen Zwischenwelt, so zwischen Schwarz und Weiß,* eigentlich ginge, und ob Gott auf der anderen Hälfte der Weltkugel, auf der es gerade Nacht würde, noch alle Hände voll zu tun hätte, und was wohl Eric genau in diesem Moment machen würde?

Elaine schien für einen kurzen Moment, am Fuße des *Jungbauernkreuzes,* einzuschlafen, was – Gott sei es gedankt – nicht geschah, da auch sie sich wohl in diesem Fall den Tod geholt hätte, war sie doch viel zu dünn gekleidet. Genau genommen war sie dies auch alleine schon, um über Wälder und Felder den Weg nach Malden zu suchen. Selbst die innerste Wärme, die der Gedanke an Gott oder an einen Eric, einem Menschen wie Elaine Wärme zu schenken vermag, erlischt irgendwann, spätestens jedoch im eisigkalten

107

Novemberwind, wie er zu dieser Jahreszeit in Malden keine Seltenheit ist.

Und so geschah es also, dass Elaine bitterlich zu frieren begann, sich vor dem Kreuz erhob und ein weiteres Mal davor bekreuzigte, ehe sie sich schnellen Schrittes davon entfernte.

Den schnellen Schritten folgten noch schnellere und schließloch noch schnellere, bis Elaine schlussendlich über die Felder lief. Zwar wärmte sie sich dadurch rasch wieder auf, jedoch entfernte sie sich zugleich aber auch mehr und mehr von Eric. Irgendwo hinter dem Kreuz, freilich, hinter den Feldern und Wäldern, dachte Elaine, würde Eric wohl nun langsam erst erwachen, würde nach seinen Zigaretten, nach einer Pink-Floyd-Kassette und vielleicht auch nach ihr, Elaine, suchen...

Das Knurren in Elaine wurde lauter und lauter und ihr war es nun schon nicht mehr so ganz klar, ob es wirklich nur noch vom Hunger herrührte, denn *hungrig* im eigentlichen Sinne war sie augenblicklich am wenigstens, vielmehr hatte sie unbeschreibliches Verlangen auf die Farben des Lebens, allen voran Weinrot.

XI
Immer irgendwie überall

Keinen Kaffee, keine Zigarette, keine Elaine, noch dazu Pink Floyd auch schon verstummt. Was braucht man, nein, was braucht *Eric*, mehr, um sich an seinem alten, treuen Freund, *seinem* Fiat, der insgeheim ja doch schon seit etlichen Jahren *Emily* hieß und also gar kein Männlein war, auszuweinen?

Und überhaupt, wo war seine Lederjacke eigentlich?

Eric setze sich ans Steuer, ließ die Türe ins Schloss fallen, erfasste im Rückspiegel Decke, Pullover und Rock, (ja, immer noch vorhanden!) und startete Emily. Doch, wohin sollte es nun gehen, sollte *sie* rollen? Er wusste, dass Yvette wahrscheinlich schon wach, sofern sie überhaupt jemals eingeschlafen wäre, und dass Arthur am Weg zur Schule sein würde. Natürlich hätte er demnach seinen Fiat zu starten und, längst überfällig, nach Hause zu fahren, keine Frage. Blöd nur, dass niemand ihn danach frug... Natürlich hätte er zu lügen, hätte Yvette eine *gelogene glaubhaftere Erklärung* abzugeben. Kurzentschlossen also setzte Eric sich an

Emilys Steuer, startete erneut den Motor und begann, noch während dieser sich erwärmte, nicht nach Frau und Kind Ausschau zu halten, nein, Elaine war es, die Eric so gerne wiedersehen wollte.

Kein Gedanke also an Yvette, wie er sich reuevoll aber ehrlich eingestanden hatte. Eric war alleine, wen also sollte er belügen? Er war alleine in seinem Auto, das zwar geheimerweise den Namen Emily (benannt nach dem Lied Pink Floyds *See Emily Play*) trug, dennoch *keine Seele* in sich hatte, das wusste auch Eric, und somit nutzte er die Zeit, den Moment, um über sich selbst, sein Leben – das er zumindest als solches führte – nachzudenken. Emily surrte und brummte, doch Pink Floyd *überhochtönten* sie, was jedoch, gilt es auch, bei einem 1974er-Fiat das letzte Wort zu haben – nicht verwundern mag. Das Lied *Poles Apart* war es ausgerechnet gewesen, welches Eric in beide Ohren donnerte. In Erics Gedanken rollten überdimensionale Strohballen über endlose Felder im Lichte des Sonnenuntergangs, erklangen Kirchenglocken über nebeligen Feldern und sah er Elaine an, wie er Yvette vielleicht niemals in Wirklichkeit angesehen hatte.

Eigentlich hatte er Elaine nie so genau beobachtet. Nicht, dass er das nicht hätte wollen, beispielsweise im *Betthopferl*, als sie ja einige Zeit lang ihm gegenüber gesessen hatte, aber Elaines Blick hatte schweigend und doch klar angedeutet, dies nicht zu dulden, wenn auch auf spielerische und somit doch auch in gewisser Weise wiederum auffordernder Art. Eric hatte es freilich als solche Herausforderung betrachtet, hatte als Mann sehr wohl das weibliche Signal wahrgenommen, hatte Elaine also auch in *stillen*, scheinbar unbeobachteten Momenten, angesehen. So etwa, als er, Eric, Zigaretten bestellt hatte, und Elaine den Moment nutzte, um sich – verdächtig lange - im neugestalteten Lokal umzusehen. Eric hatte die geöffnete Zigarettenschachtel zwar entgegengenommen, würdigte die Kellnerin jedoch keines Blickes, haftete vielmehr mit seinen müden und doch aufmerksamen Augen an Elaine, die dies wohl auch zweifelsohne gespürt hatte.

Früher, also vor zehn Jahren oder mehr, wäre Elaine ihm wohl vielleicht gar nicht aufgefallen, hatte Eric gedacht. Damals hatte er nur Augen für *Typen wie Yvette*, so ziemlich genau das Gegenteil von Elaine also. Vor allem

111

aber ging es hierbei gar nicht so sehr um das Aussehen denn um die Art. Yvette war, optisch gesehen, auf jeden Fall *auffallender,* wenn nicht gar *besser aussehend,* obwohl seine Kollegen von den *Dark Runes* das ohnehin immer schon anders sahen als er, wie ihm einfiel. So hatten sie von Anfang an seine Yvette für die *ideale Fehlbesetzung* gesehen und ihr den Namen *Tante Tod* verpasst, weil Eric nun einfach nicht mehr derselbe war wie zuvor. Ernst und depressiv statt lebensfroh und humorvoll.

Eric ertappte sich dabei, einen – wenn nicht gar *den* schwerwiegendsten Fehler in Bezug auf Beziehung zu machen: einen Vergleich anzustellen. Er legte Yvette auf die eine, und Elaine auf die andere Waagschale. Er konnte es sich augenblicklich selbst schönreden, doch genau *das* war es gewesen, und das wusste er auch. Er legte also Yvette und Elaine wie zwei Stück Obst oder Gemüse auf eine Waagschale, nein, er legte auf die eine Schale Obst, auf die andere Gemüse und versuchte hernach, die beiden zu vergleichen, gegeneinander abzuwiegen, versuchte gar, den Geschmack der beiden zu vergleichen, das eine *vor* beziehungsweise *hinter* das andere zu stellen und das nur aufgrund des

Geschmackes, vielleicht auch nur des Gewichts der Farbe wegen - jedenfalls konnte es nur eine *Gewinnerin* geben, eine *bessere*.

Ob Eric sich deswegen schämte? Wie gesagt, er war alleine... Alleine mit sich und der Welt, mit *seiner* Welt. Käme Schamgefühl in ihm hoch, wenn er auf der Toilette wäre? Ehrlich also wolle er nur sein, und im Wort *ehrlich* stecke ja immerhin *sein* Name – wenn man auch etwas danach suchen müsse, *wie etwa nach den Rosinen im Apfelstrudel oder Erbsen im Gemüseauflauf.*

Welche Richtung mochte Elaine wohl eingeschlagen haben? Den Weg Richtung Süden, nach Malden, Richtung Zuhause also, Richtung Vater und Mutter, Richtung im Regen stehen gelassenem Koffer? Den Weg Richtung Vergangenheit, Richtung verflossener Liebe gar?

Oder war es doch der Weg, den Eric und sie hätten fortsetzen sollen am nächsten Tag, zu dieser Stunde also? Der Weg Richtung Autobahnauffahrt, die dann wieder ganz woanders hinführt, in den Norden des Landes nämlich, in Richtung – fährt man lange genug vorbei an Bisons und *felderküssenden Wolken* – Meer

113

etwa? Ost und West gibt es zwar, doch gibt es auch da nur Felder und Wälder. Elaine, fernab des Weges? Auch möglich, natürlich. Doch, welchen Weges eigentlich?

Emily schnurrte friedlich vor sich hin, als Eric sie über die *Herbstnebelstraßen* gleiten ließ. Warum nur sollte Elaine alleine den Weg Richtung Autobahnauffahrt und also Richtung Norden, weg von Malden, suchen? Wohin solle sie nur wollen?

Da wurde Eric von einem Gedanken, gleichsam eines Geistesblitzes, getroffen: Was, wenn Elaine mit einem anderen Auto mitfährt. Oh Gott...das könne dann ja sicher schon zwei, wenn nicht drei Stunden zurückliegen, sie, Elaine, also könne schon längst in der nächsten Stadt sein, per Anhalter das eigentliche Ziel, von dem sie niemals sprach, erreicht haben. Elaine, dachte Eric nervös, könne demnach überall sein, *gleich dem lieben Herrgott*. Dieser befände sich ja auch *immer irgendwie überall*.

Eric brachte Emily am rechten Straßenrand zum Stehen, stieg aus und versuchte, in sich zu gehen, Elaines Gedankengänge nachzuvollziehen. Wohin also würde *sie* wohl gehen? Er schloss seine Augen, konzentrierte sich auf das Rauschen des Windes, hatte – ja, hatte sogar dazu seine Pink-Floyd-Kassette ausgeschaltet – und war gedanklich nun ganz bei Elaine. Er versuchte sogar, das Vibrieren ihrer Schritte wahrzunehmen, legte dazu beide Hände auf den kühlen Novemberboden, schloss erneut dazu die Augen, *blickte* in die Nebelfelder, die sich ihm vor geschlossenen Augen und somit vor seine Füße legten und summte *High Hopes* vor sich hin und in sich hinein. Nicht laut, aber dennoch deutlich erkennbar. Nichts! Kein Zeichen, keine Glocken aus Elaines Richtung, ja, nicht einmal schlechte Kritik über das wirklich schlecht gesummte Pink-Floyd-Lied. Es hat ja niemand mitbekommen, dachte er (naja, wir wollen ihn halt mal in dem Glauben lassen) und so stieg er wieder in sein Auto, startete dieses und fuhr *einfach so los*, Richtung Malden. Nachgedacht hatte er darüber nicht, er ließ den Wagen einfach rollen, vielleicht wisse Emily ja, wohin. Schließlich wäre sie wohl viel eher imstande, sich in eine Frau einzufühlen, als er.

Da rollten sie also dahin, Emily und Eric, zurück in ihre Vergangenheit, in der die Zukunft schon auf sie wartete.

115

XII

Stummer Stein

Yvette war an jenem Morgen, an dem ihr Ehemann Eric nicht neben ihr im Bett gelegen hatte, tatsächlich zu allererst aus dem Schlafzimmer gestürzt, warf im Vorbeilaufen einen Blick auf die dunkelgrüne Samtcouch im Wohnzimmer, einen Blick in Arthurs Zimmer, auf den Küchentisch, in die Badewanne und schließlich sogar in das Vorzimmer, denn schließlich war es auch schon öfters vorgekommen, dass Eric nach durchgemachter Nacht den Weg nur bis gerade dorthin schaffte und auf dem Parkettboden eingeschlafen war, ein paar Schuhe als Kopfpolster, den Teppich als Decke herangezogen hatte. Doch Eric aber war nirgendwo zu finden. Er hatte sich noch einmal auf den Weg gemacht, um Zigaretten zu besorgen, wie sie vermutet hatte, daran konnte sie sich freilich noch erinnern, hatte aber dabei weder auf die Uhr gesehen noch dem Ganzen eine größere Bedeutung beigemessen, da dies schließlich doch öfters vorkam. So hatte sie sich auch schon ins Bett gelegt gehabt, um darin auf Eric zu warten, war darin

116

dann aber wohl doch rasch eingeschlafen. Öfters kam es schließlich auch vor, dass Eric auf dem Heimweg noch einen der Nachbarn traf und die *Ankunfts-Zigarette* mit diesen gleich im Hof verrauchte, was dann meistens auch gleich immer mit ein paar *Ankunfts-Bieren* in Verbindung gebracht worden war.

Nichts Ungewöhnliches also, hatte sie gedacht und war somit doch *sorglos* eingeschlafen.

Nun aber war es heller Morgen gewesen, so hell, wie es Ende November eben sein konnte, Arthur sollte bald aufgeweckt werden, denn es war sehr wohl Schule angesagt, doch Eric war nicht da. War *nicht mehr* da oder aber gar nie zurückgekehrt.

Yvette griff zu ihrem Telefon, um Eric anzurufen, ließ dieses aber erschrocken in ihren Schoß fallen, als sie den Klingelton, *ihren* Klingelton, David Gilmours *Out Of The Blue,* aus Richtung der Küche wahrnahm. Erics Telefon lag am Küchentisch.

Yvette wusste auch nicht warum, und es war sicher keine überlegte Handlung, dessen war sie sich bewusst, ehe sie den ersten Piepton vernahm, aber aus der momentanen Stimmung heraus hatte sie ihn getätigt: den Anruf zu Theo. Dieser war nach dem dritten oder

117

vierten Piepton auch tatsächlich mit müd-rauer Stimme am Apparat und war, wie eindeutig zu erkennen, zum einen alkoholisiert und zum anderen *irgendwo noch unterwegs*. Es war, gegen alle Erwartungen, dann *doch ein langer Abend und eine kurze Nacht* gewesen, die Feier tags zuvor. Schließlach aber feierte man ja doch den 60. Geburtstag des *Jeremias, eines guten Bekannten*.

Eric sei weg, sei wahrscheinlich gar nie heimgekommen, hatte sie Theo ins Ohr gebrüllt. Sie wisse auch nicht, was zu tun sei, verlassen hätte er sie sicher nicht, denn man verließe keine schlafende Frau und kein schlafendes Kind und überhaupt sei Eric nicht der Typ dafür also müsse ihm etwas Schreckliches zugestoßen sein. Wahrscheinlich läge er irgendwo im Straßengraben, sei wegen einer Schachtel Zigaretten, um die er sicherlich gekämpft hätte, niedergestoßen, *niedergestochen* worden, wäre im Straßengraben, im *Straßengrab* jämmerlich verblutet oder erfroren oder beides – und das ohne sie, ohne - zumindest - letzter Zigarette. Yvette hatte Tränen in den Augen.

Theo hingegen hatte genug Zeit, um sich, während er artig Yvettes Monolog lauschte, genüsslich eine Zigarette anzuzünden, von der er sich sogleich einen

118

kräftigen Zug gönnte, ehe er lallend das Wort erhob. Eric sei sicher nichts zugestoßen, so er, dafür sei er einfach, naja, dafür sei er eben nicht *gebaut*, ja, tatsächlich hatte er genau dieses Wort verwendet, ohne selbst genau zu wissen, was er eigentlich damit ausdrücken wollte. Eric sei sicher, so Theo weiter, eingeschlafen im Auto. Yvette solle doch dort einmal nachsehen, und hernach anrufen oder besser noch, er, Theo, würde sie am nächsten Tag anrufen, sollte er *jemals wieder aufwachen nach diesem Rausch*. Außerdem, so Theo, könne er sie, Yvette, beruhigen – Eric könne sich keinesfalls im Straßengraben befinden, da er, Theo, selbst gerade darin entlang wandle – *der frischen Luft wegen* und weil er ja doch nicht mehr heimfinden würde momentan. Warum Yvette überhaupt so einen Wirbel um Erics Verschwinden mache? Sie solle doch froh sein, wenn alles sich *einfach so und also so einfach* regle, so Theo abschließend.

Yvette jedoch hatte die letzten Worte des Theo schon gar nicht mehr vernommen, da sie entsetzt das Telefon auf den Tisch geknallt hatte, und wie automatisiert begonnen hatte, Arthus Frühstück zuzubereiten. Wie konnte Eric ihr so etwas antun? Und wie konnte Theo

119

derartig kühl auf Yvettes Sorgen reagieren. Und was solle sie nun tun? Solle sie etwa dem *Rangnächsten,* Arthur also, davon erzählen, und solle dieser die Straßengräben nach seinem Vater durchsuchen? Nein, das würde sie ihrem Sohn, würde sie sich selbst, nicht antun. Arthur würde auch gar nichts mitbekommen, zunächst zumindest, denn dieser würde, wie so oft, nur in Gesellschaft der Mutter sein Frühstück zu sich nehmen, weil der Vater wieder einmal mit seiner Band *unterwegs* sein würde.

Yvette schob den Küchenvorhang zur Seite, um auf den Parkplatz vor dem Haus nach dem Auto, und bestenfalls Eric darin, Ausschau zu halten, doch beide waren nicht zu sehen. Ein leerer Parkplatz.

Ein leeres Stück grauer Kieselsteinboden an einem noch viel graueren Morgen. Vielleicht der letzte seiner Art.

Yvettes Blick konnte sich nicht mehr von diesem Bild lösen. Ihre verweinten Augen schienen jedes einzelne Kieselsteinchen auf dem Platz vor dem Küchenfenster zählen zu wollen. Immer und immer wieder begann sie, die Steine erneut zu zählen. Als sei es das letzte Stück ihrer Vergangenheit, das letzte Stück Ehe. Sie solle doch nie zu Ende gehen, sie wolle gar nie alle Steine darauf zählen, denn was würde hernach passieren? Nie solle es zu Ende gehen, ja, es solle gar nicht, und damit hatte sie wohl ohnehin Recht, gar nicht möglich sein, alle Steine zu zählen. Es solle gar nicht möglich sein, zu wissen, aus wie vielen Steinen eine Ehe bestünde. Die Ehe, dieses *endlos wachsende Haus,* bestünde also aus endlos vielen Steinen. Kein Ende, keine endgültige Zahl oder dergleichen zu verzeichnen. Niemals, so dachte Yvette weiter, würde man auch jemals die Frage beantworten können, aus wie vielen Liter Wasser das Meer bestünde. Die Ehe, wie das Meer, ja, selbst wie der Kieselsteinboden vor dem Haus solle unendlich und also ewig sein – zumindest aber doch eine *kleine Ewigkeit* darstellen. Und wäre das jeweilige Ausmaß doch jemals zu erfassen, so würde es dennoch weitaus mehr Zeit als ein Menschenleben in Anspruch nehmen. Yvette musste momentan unweigerlich an den Grund, den Eric und sie sich als Gartenstück auf hundert Jahre gepachtet hatten, denken, und sah den, inzwischen *in* die Jahre gekommenen Arthur, Steinchen zählend am Elterngrab verweilen...

Der zerzauste, hungrige und lebensfrohe Arthur stand plötzlich hinter Yvette, und er mochte wohl schon eine Weile dagestanden haben, da er auch bereits Teller und Besteck vorbereitet hatte. Yvette ließ den Vorhang dezent aus ihren Händen gleiten und war froh, selbst wenn Arthur sie beobachtet hatte, dass dieser sie mit keinem Wort *darauf* und auch nicht nach Eric, seinem Vater, angesprochen hatte.

Als Arthur gesättigt und wie gewohnt in Eile, weil er sich immer viel zu viel Zeit für das Verzerren des Apfelstrudels nahm, das Haus verlassen hatte, trat Yvette vor selbiges. Sie schritt über den Kieselsteinparkplatz, katapultierte einzelne Kieselsteine, *Ehesteine* in die angrenzende Wiese und setzte sich schließlich, ihre Kaffeetasse in der Hand, inmitten des Parkplatzes.

Was war geschehen in den letzten Jahren? Wo war nur all die Liebe, die es schließlich anfangs gegeben hatte, wo war die Vertrautheit, der Spaß, das Feuer zwischen Eric und ihr. Wo war Eric? Ob er von Theo wusste?

Sie hatte ihn doch niemals geliebt: Theo. Ihre einzige, ihre *wahre Liebe* war Eric gewesen und war es freilich

122

immer noch. Warum nur hatte er, Eric, sie überhaupt zu Theo *getrieben*? Warum war er nie da und hatte damit Theo gleichsam die Türen geöffnet gehabt? Warum hatte Eric es Yvette so schwer und Theo so leichtgemacht?

Theo – er war es doch nicht wert, Eric zu verlieren. Niemals, in keinem Moment. Er war einfach da, wenn Eric fehlte, und das passierte einfach schon zu oft, manchmal... ja, *passierte es* dann eben einfach...

Eric war, soviel wusste Yvette nach so langer Zeit freilich, bequem. Nicht, dass er jemals gefühllos oder temperamentlos gewesen wäre, aber er war immer schon einer jener Typen gewesen, die vieles in Kauf nahmen, nur um keinen Stress zu haben. Bevor Eric beispielsweise Yvette eine Eifersuchtsszene gemacht hätte, hatte er stets abgewartet, bis diese zu Bett gegangen war um sich hernach *einfach und unkompliziert* zu betrinken.

Yvette glaubte an die Ehe, andernfalls hätte sie auch niemals Erics Antrag erwidert. Sie liebte das Leben, das Eheleben, das Leben als Mutter, trotz aller *Einsparungen*, beruflich wie privat.

Yvette liebte Eric, das bezweifelte sie nie, das *wusste* sie schließlich ohnedies. Theo hatte sie nie geliebt, freilich, sie würde es zwar auch nie ausschließen können, sich in ihn zu verlieben, aber da war eben doch wieder Eric. Und was bedeute schon *verlieben?* Theo war auch von ganz anderer Art. Er war impulsiv, eifersüchtig, energisch, wild, romantisch. Obwohl Eric dies, Yvettes Empfinden nach, zwar einst auch sehr wohl gewesen war – als *ehetauglich* war er auch heute noch allemal für sie zu bezeichnen.

So saß sie also da, Yvette, Mutter des Arthur, Ehefrau des Eric, Geliebte des Theo, auf einem kieselsteinernen Parkplatz, eine Kaffeetasse in der einen, zwei aufgeklaubte Kieselsteine in der anderen Hand. Welches Steinchen solle sie nun wegkatapultieren? Jenen, den der Eric darstelle oder den anderen, Theo?

Jetzt erst spürte Yvette die Kälte des Bodens, die langsam in ihr hochkroch und den Weg zum Herzen suchte. Es war ja schon Ende November, und Yvette war dafür viel zu dünn gekleidet, und der ursprünglich heiße Kaffee in ihrer Tasse war inzwischen auch schon längst zum Eiskaffee geworden. Yvette erhob sich also, nahm die beiden Kieselsteine in die rechte Hand – ihre linke Hand ließ nicht los von der Kaffeetasse.

124

Sie blickte um sich - ob sie denn auch ja nicht beobachtet würde, blickte auf die beiden Kieselsteine und schließlich *in* sich.

Da lagen sie, die beiden Kieselsteine, und Yvette wusste nun nicht mehr, welchen der beiden sie wem zugeschrieben hatte.

So entschied sie wahllos für einen der beiden, und schleuderte ihn weit, weit über die Wiese, öffnete erneut ihre Hand, und betrachtete den darin übriggebliebenen liegenden Stein. Dieser solle, so Yvette, sich nun zu erkennen geben, was er freilich nicht zu vollbringen vermochte. Steine schweigen. Sie erzeugen Wellen auf der Wasseroberfläche, lassen Fensterscheiben zerklirren oder sind geschmückt mit den Namen toter Menschen. Was immer Steine auch bewirken, sie selbst schweigen dabei. Yvette musste augenblicklich an einen stummen Stein denken, der um ihr Fußgelenk gebunden war und sie mitnahm, zum Meeresgrund, und das nicht *grundlos*.

125

XIII
Instrumentalstück

Er war eigentlich niemals das, was man als *schlechten Vater* bezeichnen würde, dachte Elaine, während sie durch die Wälder im Norden Maldens trottete. Er war ein *herzensguter Mensch* gewesen, und war es freilich immer noch. Sie liebte ihn und in diesem Moment wusste sie auch gar nicht, ob ihr Vater sie jemals noch lieben könne, ja, wolle. Sie war doch seine *kleine Prinzessin*. Wie groß auch immer sie jemals würde, was auch immer sie anstellen würde, sie würde bis *in alle Ewigkeit plus eine kleine Ewigkeit dazu* seine kleine Prinzessin sein und bleiben. Das hatte er ihr immer wieder gesagt, ihr ins Ohr geflüstert, als diese gerade am Einschlafen war, ihr vorgesungen, als ihr Tränen über die *schneerosaroten Wangen* kullerten, war sie zuvor mal wieder vom Holzpferd gestürzt oder auch auf ihrem dicken Zeichenblock mit ihren vielen, bunten Stiften aufgezeichnet: er der König und sie, die kleine Prinzessin an seiner Seite. Sie sei *seine Prinzessin*, hatte er nämlich einmal zu ihr gesagt, worauf sie zur Antwort gab, er sei *ihr König*. Dies hatte ihn so sehr gerührt, dass er seither Elaine, sie muss damals drei oder gerade vier Jahre alt gewesen, fortan nur noch seine *kleine Prinzessin* nannte.

Und nun? Nun war der *König* sechzig Jahre alt, und seine – längst erwachsen gewordene - *kleine Prinzessin* war nicht bei ihm gewesen, hatte ihren König alleine gelassen, war wohl nicht mehr seine kleine Prinzessin, denn als solche hätte sie ihn fest umarmt, ihn ein weiteres Mal ihren *König* geheißen. Nun also war das Märchenschloss wie ein Kartenhaus in sich zusammengefallen. Ein Haus, einzig bestehend aus *Schwarzen Petern*. Kein Ass im Ärmel, dachte Elaine, und begann intuitiv danach in der Lederjacke zu suchen, was bei Erics Lederjacke gar nicht so unwahrscheinlich wäre, dachte sie, und ein Lächeln nahm Anflug auf Elaines, von der Kälte lieblich gerötetes, Gesicht, um schließlich mit sanftem Flügelschlag auf ihren zarten Lippen zu landen.

Elaine hatte ein gutes Herz, das schlug für ihre Eltern, für den lieben Gott und holte nun auch für Eric zum Schlag aus. Elaine, durchfroren, in einem Abendkleid in eine lederne Jacke gehüllt, den Weg durch Nebel, Felder und Wald beschreitend, sorgte sich momentan am meisten um ihn: Eric, in seinem geheizten Auto, wahrscheinlich entspannt Pink Floyd lauschend, dessen größte Sorge momentan die Suche nach dem nächsten Zigarettenautomaten sein dürfte.

Wohin wäre sie eigentlich gefahren, wäre ein Bus vorbeigekommen? Elaine war seit sehr langer Zeit nicht mehr mit dem Bus gefahren. Stets war sie mit dem Auto, das sie erst unlängst aus Liebe zur Umwelt und aus Hass gegenüber *ausbeutenden Mechanikern* verkauft hatte, zu ihren Eltern gekommen. Gestern, und es kam ihr schon viel länger vor, sehr viel länger, war sie jedoch das erste Mal, seit – und sie begann zu rechnen – naja, sicher über zehn Jahren abhängig gewesen vom Autobus. Und dann kam er einfach nicht. Viel eher kreuzte dieser *doch irgendwie seltsamgeheimnisvolle* Eric ihren Weg. Schicksal? Fügung? Zufall? *Und bedeuten all das nicht ohnehin irgendwie dasselbe?* Elaine wollte einfach weg und so wäre sie wahrscheinlich beinahe überall zugestiegen, dachte sie und hörte zugleich des Vaters Stimme predigen. Als Frau sei das Überqueren eines Feldes zu

Mitternacht meist sicherer, als mit einem fremden Mann von einer zur anderen Ampel mitzufahren.

Wie gut, dachte Elaine, dass keine einzige Ampel auf der nächtlichen Autofahrt die Fahrt unterbrach.

Da war er endlich, der Kirchturm. Der Kirchturm jener Kirche, aus der sie im Kindesalter mit Theo und den anderen Kindern das Ewige Licht gestohlen hatten, um die in Schnaps getränkte Vogelscheuche zu entzünden.

Elaine war plötzlich gerührt, schwelgte in sentimentalen Bildern, die ihr Herz erwärmten, ja, beinahe zum Glühen brachten. Ob sie sich vielleicht nur an ihnen wärmen wollte?

Wo war sie hin, diese Unbeschwertheit, wohin verschwand es, dieses *leichte Leben*. Elaine versuchte, sich in diese Zeit zurückzuversetzen, was ihr, leichter als gedacht, für einen Augenblick auch gelang. Die damaligen Sorgen, so dachte sie, erscheinen mir, *uns* heute wahrscheinlich als lächerlich, doch bedeuteten sie uns damals alles, waren sie tatsächlich die *größten* Sorgen. Doch sollte man nie die Sicht, die Gefühle, die Sorgen einer gewissen Zeit mit der augenblicklichen vergleichen. Was zählt ist das Jetzt – und das ein Leben lang! Teenager werden kein Interesse an den Problemen von Kindern im Volksschulalter haben, Mittzwanziger nicht an jenen der Teenager, Enddreißiger wohl kaum an jenen der Mittzwanziger, wie Mittvierziger kein Interesse an den Problemen zehn Jahre jüngerer haben werden und so fort.

Der Gedankengang ist freilich falsch, stellte Elaine ganz richtig für sich fest. Es gibt keine Sorgen jüngerer, die man selbst nicht auch schon erlebte. Es gibt also keine Ängste, keine Hoffnungen, kein *Leben* schließlich, das wir, als die älteren, nicht auch schon durchwanderten. Es gibt nur die Zeit, die uns wie in eine Warteschlange reihen lässt. Einer nach dem anderen – dennoch kommen alle zugleich, jeder für sich, ans Ziel. Ob früher oder später, das spielt keine Rolle, denn das Schiff legt ohnehin erst ab, wenn alle an Bord sind.

In ihren Gedanken vergaß Elaine völlig auf die sie herzende Kälte. Das Läuten der Kirchenglocken Maldens jedoch holte sie schnell wieder auf den kalten Waldboden der Realität zurück.

Elaine wusste, dass sie sich nun wirklich zu beeilen hatte, um in eine *warme Stube, am besten die elterliche,* zu

130

kommen, um sich sogleich in einem warmen Pullover zu verkriechen, eine große Tasse Tees, vielleicht sogar mit Rum, in den Händen zu halten und sich an Eric zu kuscheln. Tatsächlich also: Eric. Er ging Elaine nicht mehr aus dem Kopf, er hatte sich den Weg dahinein gefunden und dachte gar nicht mehr an ein Verschwinden daraus.

Elaine hielt inne und lehnte sich an einen Baum. Wann genau war eigentlich der Moment gewesen, in dem sie...seit dem Eric...naja...?

War es vielleicht, klassisch, und also kitschig, *zu* kitschig und also *noch* klassischer, der erste Anblick des - eigentlich rücksichtslosen - Autofahrers? (Ein Buch hätte man an dieser Stelle wohl kopfschüttelnd zugeschlagen und zur Seite gelegt). Waren es die Gespräche im dunklen Auto gewesen, das gemütliche Beisammen-Sitzen im *Betthopferl* oder doch wieder der romantische *Nebelfeldertanz,* wobei *miteinander* ja gar nicht getanzt wurde, oder war es gerade der Beinahe-Kuss?

Alles! Ja, alles zusammen muss es wohl gewesen sein, und Elaine schwor sich im selben Moment dieser Erkenntnis, dass niemand jemals davon erfahren dürfe.

131

Immerhin hatte sie sich und ihren Freundinnen geschworen, wie diese wiederum sich selbst und Elaine geschworen hatten, sich *nie und nimmer* und also *niemals also* in *solche Typen zu* verlieben.

Typen wie Eric wüssten also sehr wohl über ihre Anziehungskraft Bescheid, Typen wie Eric hätten so wahrscheinlich *unzählige Frauen und noch unzähligere Kinder.* Ja, Typen wie Eric wären schließlich darauf aus, nicht nur die Welt zu erobern, sondern weitaus mehr und also bedeutender: die Frauen!

Niemals also, niemals! Zumindest aber bitte nicht offiziell...

Ob Elaine *sein,* wie es so schön heißt, Typ sei? Und wie mochte wohl seine geliebte Frau aussehen? Und überhaupt: wie mochte sie tatsächlich in ebendiesen Moment aussehen? Verschlafen, sich im Bett nach ihrem Mann räkelnd? Oder gestylt und aufdringlich einparfümiert, mit übermäßig aufgetragenem Lippenstift, die Beine überschlagend, auf dem Barhocker in der Küche sitzend? In gemütlichem Samt-Jogginganzug etwa, Knabbergebäck kauend, die Lesebrille auf der Nase sitzend (da Kontaktlinsen schon

132

herausgenommen), die Haare zurückgebunden und am Ansatz leicht feucht, von der Gesichtswäsche, in warmen Fleece-Socken und karierter Decke eingewickelt auf der Wohnzimmer-Samtcouch sitzend, wie es wohl auf Elaine in dieser Situation zugetroffen hätte? Doch nicht gar in weißem Herrenhemd, und absichtlich unabsichtlich, jedenfalls sexy zerzaustem Haar oder gar so schlicht wie eindeutig in Lack und Leder?

Wer war die Frau an Erics Seite? Und, machte sie ihn tatsächlich glücklich? Und wenn ja, warum hatte Eric sich sichtlich *wegbewegt* von ihr, hatte offensichtlich sein Handy *vergessen*, nur um ja nicht erreichbar zu sein, hatte eine fremde Frau *aufgeklaubt* und war – so hoffte Elaine zumindest – immer noch nicht, am nächsten Morgen immerhin schon, zurückgekehrt zu Frau und Kind?

Elaine richtete unnötigerweise den Kragen der Lederjacke zu recht. Dieses Zupfen verwandelte sich schließlich in liebevolles Streicheln, aus dem wiederum ein Festkrallen wurde. Wohlgemerkt, ein Festkrallen an etwas, das man schon vermisst, noch ehe man es überhaupt *besaß,* sofern man es überhaupt *besitzen* kann.

Elaine wusste es, dass ihre Gedanken sie wieder einmal schon viel zu weit fortgetragen hatten. Wie so oft, nicht nur zur mitternächtlichen Stunde also, hatte sie sich in und über und nahe an *gedanklichen Nebelfeldern* bewegt. Sie wusste ja selbst, dass sie sich immer wieder darin verlor, dass sie selbst oft nicht mehr zwischen Realität und eben ihrem *Nebelfeld* zu unterscheiden vermochte.

Gott, so hatte sie immer prophezeit, sähe sie auf jeden Fall nur in der Realität, nie aber in ihrer Phantasie, weshalb sie sich auch nie besonders weit in ihre *gottlose Phantasie* fallen ließ.

Erneut begann Elaine, nun doch etwas nervös, an Erics Jacke zu zupfen, wodurch sie sich selbst wieder in die Realität zurückholte, sich aus *Nebelfelderträumen* riss, nur um nicht hoffnungslos darin verloren zu gehen.

Entschlossen und frohen Mutes bewegte sich Elaine in Richtung nahegelegenem Malden. Sie war wieder in der, in *ihrer,* Realität angekommen. *Elaines Realität,* die so gar nichts zu tun hatte mit ihren vielen, *vielgeträumten Träumen.* Elaines Realität, in der jedoch das Gesicht des Eric immer noch klar und feingezeichnet über und

134

neben und vor allem *in* ihr schwebte. Kein Traum also...?
Sie hatte ihn mitgenommen: aus ihren Träumen, aus
ihrer Phantasie war er ihr auf leisen Schritten in die
Realität gefolgt. *Vom Jenseits ins Diesseits,* würde Eric
wohl denken, in eben seiner - sofern überhaupt schon zu
beurteilen - *typischen Art,* und er hätte sicherlich gerade
den passenden Liedtext im Kopf oder er fiele ihm gar
eben gerade erst ein oder aber, er würde gerade
feststellen, dass man vielleicht doch nicht jeden Moment
im Leben in Worte kleiden kann und daher erstmals
über ein Instrumentalstück nachdenken.

XIV
Einäugige Sonne

Je näher Eric sich dem Ortsschild von Malden näherte, desto langsamer ließ er Emily darauf hinzu rollen. Er wusste ja, dass er, sobald er wieder im Ort sei, nicht mehr kehren und also Malden verlassen würde können. Er würde *gesehen* und er hätte also unausgesprochen zu folgen, hätte den Wagen also wieder *nach Hause rollen* zu lassen, ja, hätte auch sein Leben wieder *betäuben* müssen, damit es ja nicht wieder davonliefe.

Wie aber könne gerade ein Musiker *leben,* mit einem *betäubten, und also gleichsam tauben Leben.* Wie könne für einen Musiker überhaupt das Wort *Leben* mit dem Wort *taub* im selben Satz (be)stehen? Sei dies nicht an sich schon ein Widerspruch, *sei man nicht gerade Beethoven?*

Richtung Malden also war Eric gefahren, hatte *rechtzeitig* gewendet. Offensichtlich hatte er *nicht* das Verlangen, *heimzukehren,* wie es so schön heißt. *Heimkehren,* schoss es Eric plötzlich ein, meine ja auch tatsächlich, zurück ins *Heim* kommen. Aber, wo war eigentlich sein wahres

136

Heim? *Daheim ist, wo ihr seid,* hatte er es einmal Yvette und dem gemeinsamen Sohn geschworen. Nun, Eric wusste sehr wohl, wo sich Yvette und Arthur momentan befanden. Was also hielt ihn davon ab, sie ebenda aufzusuchen, vielmehr *wiederzufinden*?

Wie er es von sich gewohnt war, beantwortete er die von ihm an sich selbst gestellte Frage nicht. Eric hatte also das Auto gewendet und war wieder aus Malden gefahren, war aufs Gaspedal gestiegen, drückte es mit derartiger Wucht zur Bodenplatte, dass er sich selbst zu wundern hatte über die Energie, die Kraft, die ungeahnte Aggression schließlich, die in ihm steckte.

Wo war dieser Mensch, den er in einer verregneten Novembernacht, am *scheinbaren Rande des scheinbaren Nichts* hatte kennengelernt, der ihm in der schwärzesten Nacht, bei Eis und Nebel an die Sonne und das Glühen im Herzen glauben ließ, der etwas in ihm wiederbelebte, das er schon lange für tot gehalten hatte?

Wo war die Kraft, die ihn nicht nach Hause kommen ließ, sondern zu sich zog, sich aber dennoch nicht mehr zeigte? Wohin war sie verschwunden, die Farbe an seiner grauen *Lebenswand*? Wo war Elaine?

137

Der Morgen machte sich mehr und mehr bemerkbar, über den Wäldern und den ihnen zu Füßen liegenden Feldern blinzelte die Sonne mit einem Auge durch den Nebel und ließ die feuchten Straßen magisch glänzen. Eric mochte diese Stimmung, ja, er liebte diese *einäugige Sonne*, mit all ihren Schwächen, die sie dennoch als ihre Stärken auszuspielen wusste. Wie oft er, Eric, dieses Bild wohl schon vor Augen gehabt hatte: das Bild der einäugigen Sonne, die mit nur einem Auge vielleicht dennoch weitaus mehr zu sehen imstande sein mag, als jedes andere zweiäugige Wesen auf dieser Welt. Wie oft hatte, Eric, darüber schon einen Text im Kopf gehabt, über diese *einäugige und gerade dennoch das Wesentliche wahrnehmende Sonne,* weil sie eben nur *ein Auge* hat und somit ihre Konzentration, ihr *Augenmerk* auch nur auf *einen* und somit zugleich freilich den *wesentlichsten* Punkt fixieren kann. Das Bild der Sonne mit Sonnenbrille auf der Nase kenne man ja in vielfachen Versionen, dachte Eric, aber eine Sonne mit Augenklappe...?

Da Eric sich aber immer wieder in seinen Gedanken und in seinen Formulierungen über diese *einäugige Sonne* verloren hatte und es immer wieder noch, wie eben gerade wieder, tat, war es nie zu einem ausgereiften Text über diese gekommen. Jetzt aber, genau in diesem Moment, als er selbst nur mit einem Auge besagtem Sonnenauge entgegenblickte und ihm also die Idee des Liedes darüber wieder vorschwebte, nahm er sich vor, endlich einen Song darüber zu schreiben. Beinahe ein schlechtes Gewissen plagte ihn plötzlich, als er so hilflos und müde und zunehmend erblindend in das *Wälderfeldernebelsonnenauge* blickte.

Da blinzelte es also, der Sonne Auge, durch Nebel und Windschutzscheibe, durch Leben und Wind, durch Gedanken an Elaine, vorbei an Yvette...

Ich bin Dein Herz.
Dein Herz schlägt in Dir.
Doch wo bist Du?

Ich bin Dein Leben.
Dein Leben erschlägt Dich.
Wo liegst Du?

Ich bin Dein Atem.

Dein Atem steht still.

Wen stillst Du?

Ich bin dein Tod.

Dein Tod ersteht auf.

Auf wen stehst Du?

Eric hatte sie immer geliebt und immer noch liebte er sie: Yvette. Sie war *sein Sonnenaufgang* und sie solle, würde jemals das Leben danach verlangen, *sein Sonnenuntergang* sein, hatte er ihr immer geschworen. Nun aber konnte und wollte, ja, musste er immerzu nur an Elaine denken. Wo war Yvette? - es war doch längst Sonnenaufgang gewesen? Wo war *sein Mädchen*, als welches er Yvette immer geheißen hatte? Wo war die Sehnsucht? Warum sehnte er sich nicht nach Yvette, warum suchte er nicht ihre Nähe, sondern vielmehr jene der Elaine? Eric ließ seinen Fiat, seine Emily, über die glitzernden Straßen hinter Malden gleiten.

Dieser Kuss - dieser *Beinahe-Kuss!* – niemals habe er jemanden, ja, niemals habe *er sich* selbst so sehr gespürt, wie in diesem Moment. In diesem Moment, in dem ja eigentlich *nichts* passierte, zugleich aber doch unbeschreiblich viel. Ein Regentropfen, der sich, noch ehe er auf Erics Lippen lande konnte, in eine Schneeflocke verwandelt hatte und also solche vom Wind weit über die Nebelfelder getragen wurde.

Erics Blick fiel auf den leeren Beifahrersitz, und er versuchte sich an jenen Moment zu erinnern, in dem er Yvette zuletzt so sehr vermisst hatte, wie in diesem Augenblick Elaine. Pink Floyd *träumten, kritisierten, sangen, schrien, besänftigten, beruhigten, isolierten, schwebten* in anderen Sphären, und zum ersten Male wäre Eric, hätte man ihn danach gefragt, nicht imstande gewesen, den momentanen Titel des Liedes zu nennen. Elaine?

Eric kurbelte mühsam das Fenster der Fahrertüre hinunter, denn der Schlaf schien ihn wieder rechts einholen zu wollen, und er wusste ihm nicht anders entgegenzuwirken, als ihn durch eine körperliche Anstrengung, wie eben das Öffnen dieses Fensters zu verjagen. Kalter, ja, sehr kalter *Endnovemberfahrtwind*

141

peitschte Eric ins Gesicht und ließ ihn schlagartig bitterlich frieren. Jetzt erst erinnerte er sich wieder daran, dass er seine über *alles geliebte Lederjacke,* seine *Wegbegleiterin in jeder Lebenslage,* gar nicht trug und er erinnerte sich auch wieder daran, sie Elaine gegeben zu haben, sie Elaine geliehen zu haben. Nun stand sie ihm nicht bei? War es also weder eine gute noch eine schlechte Zeit? Weder weiß noch schwarz also? War es wieder einmal dieses Grau, das ihn *bis ins Leben hinein* zu verfolgen schien?

Ein Grauzustand – nicht gut, nicht schlecht, nicht schwarz, nicht weiß? Nicht Tag, nicht Nacht - nicht Yvette, nicht Elaine etwa?

Die kalte Luft machte sich im Inneren des Fiats wie auch im Inneren des Eric schnell breit und dennoch verspürte letzterer in diesem Moment, in Gedanken an Elaine, eine weitaus intensivere Wärme als in Yvettes Beisein, vor dem offenen Kamin sitzend.

War die *Platte* vielleicht schon längst zu Ende? Und was würde aus der *Auskoppelung*, der *Single*, was würde also aus Arthur?

Würde sie alleine am Markt bestehen, auch wenn die LP

nicht mehr aufgelegt würde? Mit einem Augenblick kreisten Erics Gedanken nur noch um seinen eigentlichen Lebensmittelpunkt, um seinen Lebensinhalt, um sein Leben schließlich: Arthur. Er wusste, wie sehr sein Sohn an ihm hing, wie sehr dieser ihn brauchte. Wenn Eric, was durchaus öfters vorkam, nach mehreren Wochen erst heimkehrte, schnappte Arthur ihn regelmäßig an der Hand, zerrte ihn aus dem Haus in den Garten um ihm dort unter seinem Lieblingsbaum mehrere beschriebene Birkenblätter in die Hände zu drücken. Wie ein großes Geheimnis, das es ja schließlich auch war, faltete Eric dann immer die beschriebenen Blätter auseinander, um darin alltägliche Fragen und Gedanken zu lesen. So hatte Arthur tatsächlich keinen großen Gedanken oder weltbewegende Fragen niedergeschrieben, nein, es war stets alltägliches, das ihn beschäftigte, und worauf er des Vaters Antwort, Ideen oder Gedanken dazu erhoffte, weil dessen Antwort schließlich doch *seine* Welt bewegten. So waren viele Fragen zu lesen, auf die ohne weiteres seine Mutter eine Antwort hätte geben können, auf die jedoch die Antwort des Vaters wichtiger war. Vielleicht auch nur, wie es Eric schien, um auch ihn, den

Vater, in den ganz *normalen Alltag einzubinden*, um ihn nicht da zu verlieren, wo er am meisten gebraucht würde, am meisten abging. Um ihn Teil des Alltags sein zu lassen...

Kann ich geöffnete Haltbarmilch nach fünf Tagen noch trinken? Trocknet dunkle Wäsche wirklich langsamer als helle? Gibt es brauchbare Beweise für Jim Morrisons Tod?

XV
Der große Prinz

Viel zu oft schon hatte er sein Frühstück ohne dem Beisein seines Vaters eingenommen, hatte nie darüber nachgedacht – nicht mehr zumindest -, war es doch schon lange Jahre so gewesen. Meistens war es der angenehme, *süßwarme* Geruch des Kakaos gewesen, der ihm in die Nase stieg und ihn lieblich aus den Träumen geholt hatte. Zum Duft des Kakaos hatte sich schnell der Geruch warmen Toastbrotes, das ihn, Arthur, spätestens jetzt aus seinem Bette hüpfen, und im Pyjama in die Küche laufen ließ, gesellt. In alter Vertrautheit, nicht wegzudenken aus des Knaben Erinnerungen, war und ist schließlich die hinter dem großen Küchentisch stehende Mutter, das Frühstück zubereitend und ihren Buben mit einem Kuss auf die Stirn einen guten Morgen wünschend.

Selten, ja, leider viel zu selten, war auch Vater zugegen gewesen. Meist war er *unterwegs* gewesen. War und ist er jedoch zuhause, so nahm und nimmt er ausnahmslos am Frühstück teil, wenn oftmals auch nur nach sehr kurzem Schlaf. *Den Anblick seiner Liebsten könne schließlich kein Traum, keinen tiefen Schlaf ersetzen.*

Dass seine Mutter *Ansprache* bei einem anderen Mann, Theo, suchte, ahnte Arthur freilich nicht und hätte es wohl auch nicht einmal für möglich gehalten. Seine Eltern, das war schließlich nicht zu übergehen, sahen einander weitaus seltener als die Eltern all seiner Freunde, das war ihm zwar bewusst, jedoch tröstete Arthur sich stets mit dem Gedanken, ja, mit der *Tatsache* schließlich, dass nur sein Vater immerhin ein *Rockstar* war.

Arthur war stolz auf seinen Vater, seine Mutter würde es zweifelsohne auch sein, das war klar, waren sogar schon seine Freunde stolz darauf gewesen, eines Rockstars Sohn ihren Freund nennen zu dürfen.

Eines Tages, so hatte es sein Vater einmal geschworen, würden sie, Sohn und Vater, gemeinsam auf der Bühne stehen und Mutter würde in der ersten Reihe *ihren Männern* zujubeln.

An jenem Morgen hatte Arthur schon länger, als seine Mutter es geahnt haben mag, in der Küche gestanden,

146

hatte sie, während er Geschirr und Besteck für das Frühstück vorbereitete, am Küchenfenster stehend, beobachtet gehabt. Er hatte sich geschämt, seine Mutter in einem, wenn vielleicht nicht für Außenstehende, sehr wohl aber für ihn klar ersichtlichen, *lautlos intimen* Moment zu beobachten.

Irgendetwas war anders als sonst. Er hatte viele, ja, die meisten Morgen ohne seinen Vater erlebt, aber noch nie hatte er einen Morgen erlebt, an dem sein Vater eigentlich zugegen sein hätte sollen, es aber doch nicht gewesen war, und auch seine Mutter nicht *greifbar* war. An diesem Morgen fühlte sich Arthur zum ersten Male erwachsen, denn er fühlte sich alleine.

Er hatte sein Frühstück zu sich genommen, ganz im Sinne der Mutter, wenn auch mit wenig Appetit und hatte seine Mutter freilich nicht auf den *Vorfall* angesprochen.

Mit halbwegs gesättigtem Magen und doch hungrig nach Wahrheit hatte er den Weg zur Schule angetreten und hatte in der ersten Unterrichtsstunde, obwohl in seinem Lieblingsfach Geographie einen *glatten Fünfer* auf die Wiederholungsprüfung am Stundenbeginn hingelegt. Wie sollte er auch wissen, wo genau Krakau

147

lag, wenn er augenblicklich nicht einmal wusste, wo seine eigenen Gedanken lagen.

Arthur war ja schon *ein großer Prinz*, als welcher Eric ihn *neuerdings* gerne zu bezeichnen pflegte, dennoch wusste er natürlich, dass sein Sohn sehr wohl nicht so *stark* war, wie er es gerne seinen Eltern vorspielte, obwohl Arthur wahrscheinlich aber immer noch *stärker* gewesen war als seine Freunde. Im Gegenteil also – war er für sein Alter, verglich man ihn zumindest mit gleichaltrigen Jungs in seinem Umfeld – sogar eher zurückgezogen, schüchtern, *für sein Alter zu nachdenklich,* zu ernst, ja, schließlich zu erwachsen. Eric führte die frühe *Selbständigkei*t seines Sohnes sehr wohl auf sein regelmäßiges, mitunter wochenlanges Fernbleiben als Vater zurück.

Mittelmäßigen Trost fand Eric stets im Gedanken, dass sein Sohn eines Tages zumindest *davon* profitieren würde: *Selbstsicherheit, Selbstbewusstsein, Selbstreflexion*...Worte, die Eric stets im Kopfe herumschwirrten, dachte er, wieder einmal sich selbst Trost spendend, an seinen geliebten Sohn. *Selbsttrost, Selbstsucht, Selbstmord,*...schoss es Eric jedoch momentan weiter durch den Kopf, als er wieder einmal, sich vom

Ortsrand entfernend, an seinen *kleinen Prinzen* dachte und anhielt, um folgende Worte auf ein Stück Papier zu kritzeln .

Kleiner Prinz, großer König.
Größer werdender Prinz, kleiner werdender König.
Großer Prinz, kleiner König.
Großgewordener Prinz. Kleingewordener König.

Großes Klein. Kleines Groß.
Schwarzes Weiß. Weißes Schwarz.
Grau...

Eines Tages, und der Tag würde auf jeden Fall kommen, selbst, wenn es jener Tag sein sollte, an dem der Prinz dem toten König ins Grab nachschaue, würde also der Prinz seinen König an physischer und wohl auch psychischer Größe einholen, würde also – spätestens dann - auf seinen König herabblicken. Liebevoll, mit Respekt und Ehrfurcht, aber dennoch *überlegen,* wenn auch *im Inneren zerstört: selbstsüchtig und selbstmordgefährdet.*

Arthur hatte es geliebt, wenn seine Mutter, am Bettrand sitzend, ihm als Kind die Geschichte des *Kleinen Prinzen* vorlas. Er wollte immer so sein wie er und hatte sich heimlich in der Nacht, als er wegen des üblichen heimlichen Stücks Marmorkuchens, das er aus der Küche stibitzte, ohnehin aufzustehen hatte, hernach heimlich und still an seinen Schreibtisch gesetzt und sich in stets kläglichen Versuchen, *bessere* Zeichnungen von elefantenfressenden Schlangen zu fabrizieren, verloren. Wie wolle eine Schlange einen Elefanten fressen, wenn er nicht einmal in der Lage wäre, davon eine Zeichnung anzufertigen und würden Schlangen vielleicht nicht auch einem Marmorkuchen viel mehr abgewinnen können?

Neulich erst, *nur ein paar Jahre später und doch Elefantenleben entfernt*, hatten Vater und Sohn im Garten beisammengesessen, und Arthur hatte aus *tiefblauer Seele* heraus zu seinem Vater gesprochen gehabt: „Es ist wohl wie mit dem Leben – die Schlange und der Elefant. Niemand würde glauben, dass der Alltag das Leben auffressen kann, doch es ist möglich. Soll ich es Dir aufzeichnen?"

Eric hatte freilich sofort den tieferen Sinn der Aussage

verstanden. Die eigentliche Ausnahme, die sie eigentlich auch hätte bleiben sollen, nämlich das Fortbleiben des Vaters, war längst schon zum Alltag geworden. Nach und nach hatte sich ebendiese *Ausnahme mit scharfen Krallen* in den Alltag, in Arthurs Leben und wahrscheinlich auch in jenes seiner Eltern brutal hineingeschlagen.

Erics Leben hatte begonnen an seinem Sohn zu *knabbern*, ja, hatte schließlich schon gierig die Zunge nach ihm ausgestreckt und war nun bereit, mit seinen scharfen Krallen den zarten Körper endgültig zu zerfleischen, um seinen Hunger endlich zu stillen.

Nein! Eric wollte keine Lieder mit seines Sohnes Blut zu Papier bringen, wollte nicht seine Frau an den Opfertisch der Musik binden, wollte schließlich nicht nur aufgrund der Organspenden seiner Liebsten überleben.

Der Prinz war längst zum König herangewachsen und zwei Könige haben keinen Platz auf einem Thron. Wann nur war sein Prinz erwachsen geworden? In welcher Stadt mag König Eric zu diesem Zeitpunkt wohl gerade zur *Audienz* gebeten haben?

Er wusste es nicht – ja, wusste doch nicht einmal mehr, in wie vielen Städten er alleine in den letzten sechseinhalb Monaten gewesen war.

Der Tag aber, an dem sein Sohn, *Prinz Arthur*, zum ersten Mal seine erste Freundin nach Hause mitbrächte – daran würde er sich wohl sein Leben lang erinnern, hatte Eric sich einst geschworen.

Nun, Brigitta Anabelle kannte er bisweilen nur der Erzählung und eines Bildes nach.

XVI
Zerschmetterling

Weinrot. Ob sich die Bezeichnung der Farbe tatsächlich von der Farbe des roten Weins ableite, oder vielleicht doch viel eher von den Blutstränen der *Weinenden Madonna,* wie sie diese erst im letzten Jahr in einem Wallfahrtsort, im Süden des Landes, aufgesucht hatte, grübelte Elaine. Und ob Eric fror – ihretwegen- ohne lederne Jacke? Ob er vielleicht schon längst zuhause gewesen war? Zeit genug hätte er ja dafür gehabt. Ob er seiner Frau von ihr, Elaine, erzählen würde? Und ob er sich in Elaines Namen bei seinem Sohn für den Raumschiffpullover bedanken würde? Nein, er würde wohl weder seiner Frau noch seinem Sohn von Elaine erzählen, weil es schließlich ja auch gar nichts zu *erzählen* gäbe. Ob aber nicht nur Eric seine lederne Jacke vermissen, sondern vielleicht auch seine Frau danach fragen würde? Gewiss würde sie danach fragen, und Eric wäre also gezwungen, seiner Frau eine kleine Lügengeschichte aufzutischen, nebst der Geschichte, die sein Fernbleiben über Nacht rechtfertigen sollte. Die

Lederjacke würde Eric also gar nicht mehr zurückverlangen können, stellte Elaine nun für sich fest, und roch unbewusst am Ärmel ihrer soeben neu erstandenen Jacke. Ja, sie roch wahrlich nicht sehr gut, die Jacke. Irgendwie nach kaltem und noch viel kälterem Rauch, nach Benzin und nach irgendeinem Mittelchen, das durchaus einst auch zur Lederpflege gedient haben mochte. Elaine betrachtete *ihre Jacke* nun sehr genau, zog sie für einen kurzen Moment sogar aus, nur um sie etwas genauer unter die weibliche Lupe zu nehmen. Jetzt erst bemerkte sie, dass der oberste Knopf fehlte und zudem hatte sie am Rücken einige langgezogene Kratzspuren. Bestimmt hatte sich eines Tages Erics Frau liebeshungrig auf ihren Mann gestürzt, als er endlich wieder einmal nach Hause gekommen war, hatte sich in ihrer Gier, in ihrer *Fleischeslust* mit ihren *aufdringlich rot lackierten Fingernägeln* an seiner Lederjacke festgekrallt, worauf die Kratzspuren ja ganz klar zu verweisen schienen, und ihm schließlich die Jacke vom Leibe reißen wollen, wobei sie auch gleich in ihrer ungebremsten Gier einen Knopf abriss. (Nagel)*lack und Leder...*

Elaine wollte ihren Gedanken nicht mehr zu Ende

führen. Was aber, wenn Erics Frau heute Morgen mit vergleichbarer *Energie,* wie Elaine es für sich selbst *schöndachte,* an ihren Mann *heranging?* Er würde zweifelsohne verbluten, jämmerlich zugrunde gehen, ohne seine ihn schützende Lederjacke.

Wohl also doch keine Blutstränen der geheiligten Madonna, vielmehr das Blut der durch Liebeshunger hervorgerufenen *Weinenden Wunden* wäre wohl der Namensgeber für diese eigenwillige Farbe gewesen.

Nein, da wollte Elaine schon viel eher an die Farbe des Weines glauben. Warum eigentlich hatte sie sich aber überhaupt gedanklich so genau damit beschäftigt gehabt?

Warum hatte sie überhaupt Erics Auto verlassen, ihn schlafen lassen, war einfach wortlos *gegangen?* Eric war es schließlich gewesen, der daran hätte denken müssen, dass Frau und Kind ihn erwarteten und nicht Elaine. Warum hatte sie, Elaine, überhaupt *seine* Entscheidung getroffen gehabt? Warum hatte sie es ihm so leichtgemacht, und warum hatte Eric vielleicht nur aufgrund Elaines Weisheit und Klarheit seiner Frau nichts zu beichten gehabt? Und, was wäre geschehen, wäre sie, Elaine, neben Eric aufgewacht? Wohin würde der weitere Weg sie mittlerweile führen? Hätte Eric vielleicht ohnehin den Heimweg eingeschlagen gehabt? Ja, bestimmt hätte er dies, und er hätte Elaine wahrscheinlich, der Höflichkeit halber, noch ein Stück mitgenommen, hätte sie aber allenfalls noch in sicherer Entfernung zu Malden höflich zum Aussteigen gebeten, um ja nicht mit ihr gesehen zu werden, hätte letztendlich also Elaine in Verlegenheit gebracht, indem er ihr schließlich ganz unmissverständlich eine sogenannte *Abfuhr* erteilt hätte. Gestärkt durch sein Ego und dem Wissen, er könne immer noch jede Frau *haben*, wenn *er* es nur wolle, wäre er schlussendlich heimgefahren, zu Frau und Kind, um mit ihnen gemeinsam zu frühstücken und hätte ihnen derweilen erzählt von seiner nächtlichen Panne, im Zuge derer er, Eric, von Wölfen und Bären angefallen worden und somit gezwungen gewesen wäre, ihnen seine Lederjacke zum *Fraß* vorzuwerfen, während er sich in seinen Fiat flüchtete, in dem er schließlich hungernd und frierend, in Gedanken an Yvette, die Nacht zugebracht hätte.

Ja, es war die richtige Entscheidung, den Fiat und mit ihm Eric zu frühmorgendlicher Stunde zu verlassen,

156

dessen war Elaine sich nun ganz sicher. Ein Macho, wie Eric es scheinbar war, hatte schließlich auch nichts Anderes verdient. *Pfui, Rockstar!*

Elaine hatte Malden endlich erreicht. Nur noch das große Feld des Schnapsbrenners lag zwischen dem Maldener Wald und dem Ort. Sie blieb stehen, und blickte über das verschlafende Malden. *Irgendwo da drüben*, unter einem der Dächer nahe der Kirche, lag das elterliche Haus, das Haus ihrer Kindheit und Jugend. Irgendwo dort schliefen die Eltern, schlief ihre Kindheit, ihre Jugend. Ihre Gedanken umschwirrten augenblicklich den wohl noch schlafenden Vater, in seiner ersten, bereits endenden Nacht als Sechzigjähriger, in der er wohl zum ersten Mal in seinem Leben nicht wusste, wo seine Tochter sich befinden mochte. Ob er einen guten Schlaf hatte? Ob er überhaupt Schlaf gefunden hatte? Ob zumindest aber der Schlaf ihn gefunden hatte?!

Elaine verspürte keinen Hass. Diesen hatte sie überhaupt noch nie in ihrem Leben verspürt, nicht einmal, als sie erfuhr, dass Theo sie betrogen hatte. Wie

157

sollte sie ihrem Vater gegenüber Hass verspüren? Elaine liebte den Glauben, und sie glaubte an die Liebe. Sie schenkte dem Hass kein Gefühl und fühlte ihn also nicht. Elaine glaubte an Gott, an göttlichen Glauben. Sie liebte die Menschen, liebte Gott, einzig in der Hoffnung, auch von diesen geliebt zu werden. Sie wusste, dass Liebe und Hass nicht Platz hätten in *einer* Seele, zumindest wollte sie es *nicht und nie* zulassen, was ihr auch stets gelungen und worauf sie immer stolz gewesen war. Es war also kein Hass gewesen, nein, viel mehr stete *graue Enttäuschung*: zu schwach für schwarzen Hass, zu stark für weiße Liebe.

In einem Schwarz-Weiß-Foto mag die Farbe Grau vielleicht am wenigsten ins Auge stechen, dennoch ist sie vorrangig, achtet man nur erst auf sie. Grau macht das Schwarz-Weiß-Foto eigentlich erst aus. Es verbindet Schwarz und Weiß, lässt diese beiden überhaupt erst in einem Foto wirken, existieren, ist das Bindeglied, das ihnen Leben einhaucht. Ein bisschen wohl wie bei Gott, dem Herrn, dachte Elaine. Nicht Leben, nicht Tod, nicht weiß, nicht schwarz, und doch wiederum bestehend aus ebendiesen. Grau...

Elaines Blick verfing sich am Kirchturm. Augenblicklich schossen Bilder durch ihren Kopf, an die sie teilweise schon so lange nicht mehr gedacht hatte, ja, von deren Existenz sie mitunter gar nicht mehr wusste. Bilder von Erntedankfesten, von Weihnachtsfeiern, von reuevollen Beichten, von atemstillen Begräbnissen, von umjubelten Hochzeitsfeiern und natürlich von jener Nacht, in der das Ewige Licht auf sonderbare Weise Einzug nahm in die Erinnerungen der ewigen Geheimnisse gewisser Kinder, die an dieser Stelle namentlich nicht genannt werden möchten. Ein Licht, das alles andere als Licht in den Vorfall bringen sollte, und das bis in alle Ewigkeit. Elaine musste lächeln bei diesen Gedanken an das *ewig verschwiegene Licht der Ewigkeit*. Sie wusste freilich, dass der liebe Herrgott seit jeher davon Bescheid wusste, doch könne dieser niemals derartig streng auf diese Sünde reagieren, wie ihr leiblicher Vater. Zumindest ließ der liebe Herrgott sich immer wieder vertrösten, und erinnerte Elaine nur gelegentlich mit peitschenden Regen an ihre Taten.

Der sechzigste Geburtstag des *Königs,* ihres Vaters, war zelebriert worden und *Prinzessin Elaine* war den Feierlichkeiten ferngeblieben. Würde es niemals wieder

159

sein können, denn dieser eine Tag, jener Tag, würde nie wiederkehren. Was also mag Prinzessin Elaines Herz so sehr erschüttert haben, dass diese nicht ihren Vater an einem so denkwürdigen Tag aufzusuchen vermochte? Was mag in ihr vorgegangen sein, was oder wer mag sie davon abgehalten haben, des Königs Hand zu küssen und ihn hochleben zu lassen?

Großes Unheil mag wohl über dem Schloss des Königs gestanden haben, das wusste auch der König selbst. Denn niemals, und darauf würde er sein Leben verpfänden, hätte seine Prinzessin ihm diesen Stich ins alte Herz gegeben. Doch immer noch schwor er auf sein altes Leben und auf seine junge Tochter.

Elaine schloss ihre Augen und versuchte sich an das Bild des Vorabends zu erinnern: da war ihr Vater gewesen, der zusammen mit Theo einen Whisky getrunken hatte und ein scheinbar angeregtes, durchaus positiv gestimmtes, Gespräch mit also jenem Mann geführt hatte, der seiner Tochter das Herz gebrochen hatte. (Naja, irgendwie zumindest). Elaine konnte es nun selbst nicht mehr genau feststellen, wie das so genau abgelaufen war. Freilich, da gab es diese andere Frau, *diese Raupe*, im Leben des Theo, von der sie bis heute nicht wusste, wer sie eigentlich war, und Theo hatte schließlich auch zugegeben, Elaine, seinen *Schmetterling*, schon länger mit ebendieser Frau betrogen zu haben. Aber hatte es Elaine tatsächlich so sehr getroffen, wie es sie aller Wahrscheinlichkeit noch zu Beginn der Beziehung mit Theo getroffen hätte? Immerhin hatten die beiden sich ja schon seit längerer Zeit um immer größere Stückchen auseinandergelebt, bis irgendwann wohl ein ebenso großes *Gefühlsfeld* vor ihnen gelegen hatte, wie es augenblicklich das Feld des Schnapsbrenners vor Elaine tat. Es war wohl also tatsächlich keine allzu große Überraschung gewesen, dennoch hatte Theo freilich nicht das Recht dazu, seine ehemals so sehr geliebte Elaine auf diese Weise zu demütigen. Überhaupt hätte niemand auf dieser Welt es verdient, derartig verletzt zu werden, egal, ob den Stolz oder das Herz betreffend.

Elaine bemühte sich, Ihre Augen geschlossen zu halten und holte sich Theos Bild vor Augen. Das Bild jenes Mannes also, den sie einst über alles geliebt hatte. Theo, mit den roten Backen im Gesicht, die er einst als Kind aufgrund einer leichten Unterkühlung bekommen hatte und die ihm seither als stetes Andenken daran geblieben waren. Genau diese roten Wangen waren es, die Elaine am meisten geliebt, oder zumindest, in die sie sich zuallererst verliebt hatte. Sie liebte freilich auch seine dunkelbraunen Augen, die dennoch weit mehr waren als einfach nur dunkelbraune Augen. Wenn Theo Elaine ansah, schien er sie regelrecht dermaßen zu fixieren, dass Elaine scheinbar *durch dessen Augen durch* in ein großes dunkles Loch fiel, schwerelos darin schwebte und keinen klaren Gedanken mehr fassen konnte. Theos Augen nahmen sie so sehr ein, dass Elaine es tatsächlich manchmal anstrengte, freilich *positiv anstrengte*, nicht einfach *wegzukippen*. Plötzlich sah Elaine diese dunklen Augen wieder vor sich und ihr wurde schwindelig, sodass sie schnell ihre Augen öffnen und sich für einen Moment auf den Feldboden setzen musste. Vielleicht war es ja der Teufel, der aus Theos Augen blickte, schoss es Elaine ein und zugleich schämte sie sich für diesen Gedanken. Das Bild ließ sie aber dennoch nicht los. Sie, Elaine, ein Bote Gottes, ein irdischer Engel in der Macht des *vermenschlichten Teufels*.

Elaine erhob sich wieder und ließ ihre Gedanken im Gras liegen. Sie war wohl einfach übermüdet, zudem hungrig und durstig, und, trotz Lederjacke fror ihr. Nun, eine Lederjacke war ja auch nicht gerade die passende Kleidung zu dieser Jahreszeit, verteidigte sie insgeheim Erics Jacke, welche ihn wohl schon sehr oft zärtlich umhüllt haben, ihm wohl überhaupt – im wahrsten Sinne des Wortes – die meiste Zeit *am nächsten* gewesen sein mochte.

In diesem Moment musste Elaine nun auch an Erics Augen denken – wie sie Elaine angesehen hatten, diese leuchtenden Augen. Sie hatte Erics Blicke auch gespürt in den dunkelsten Momenten der Nacht, als er eigentlich auf die Straße hätte blicken sollen, dennoch aber, für ihn scheinbar unbemerkt, einen schnellen Blick zu seiner Beifahrerin wagte. Beim Gedanken an Eric musste Elaine innerlich kurz schmunzeln, ehe nun die plötzlich auftauchenden traurigen Augen des Vaters sie zum Weinen brachten. Als stünde er in diesem Moment, seine Tochter anblickend, vor ihr, so deutlich sah Elaine ihren Vater nun vor sich. Verschlafen und traurig. Müde. Alt. Wie hatte sie ihm das nur antun können? Vielleicht würde aber gerade ihr Vater sie diesbezüglich am besten verstehen, immerhin hatte er oft genug betont, dass seine geliebte Tochter den *Hang zum*

163

überstürzten Handeln (und gelegentlich zur Dramatik) ihrem Vater zu verdanken hätte, ebenso wie den Jähzorn und die Impulsivität. Elaine hatte einfach *rotgesehen*, wie ihr Vater solche Aktionen gerne bezeichnete.

Ja, er würde sie verstehen, würde seiner Prinzessin verzeihen können. Immerhin, das hatte Elaine freilich nicht vergessen, hatte sie ja nicht grundlos *rotgesehen*. Sie würde also schon auch sehr wohl des Vaters Erklärung, um nicht zu sagen *Rechtfertigung* für sein Handeln hören wollen.

Elaine war hin und hergerissen von Gedanken an Eric und an ihren Vater, versuchte Halt zu finden, in ihrer Gedankenwelt, die auch immer wieder von Theos Blicken zerschmettert wurde. Welch hilfloser *Zerschmetterling* sie doch auf einmal war.

Die traurigen Augen des Königs waren wieder verschwunden, und auch der Teufel hatte ob der *schmerzenden Helligkeit* seine Augen wieder geschlossen, als Elaine den Weg durch das Feld in Richtung Malden einschlug. Erics leuchtende Augen aber ließen nicht von Elaine ab und weit, weit oben über dem Feld blickten zufrieden Gottes Augen seinem irdischen Engel na

164

XVII

Morgennebelprinzessin

Sechzig Jahre und einen angebrochenen Tag auf dieser Welt, sechzig Jahre auf dieser *Kugel im Irgendwo und somit im Nirgendwo* gelebt – ab und zu übel gelebt, schlussendlich aber *überlebt*! Oft hatte er mit seiner Tochter über den lieben Herrgott gesprochen gehabt, nicht so oft, wie die Mutter es getan hatte und tut, aber immer noch, wie er meinte, genug, um sogar kleinere *philosophische Ausflüge in ein weiteres Nichts* zu unternehmen. Wäre es also nicht möglich, geht man einmal von der Existenz Gottes aus, dass dieser also tatsächlich seine kleinen Menschen auf der Erdkugel gedeihen und somit also *auch* auf dieser Kugel Leben entstehen ließe, diese aber nun schlichtweg einfach nicht mehr fände. Liegt ja immerhin doch schon eine gewisse Zeit zurück und das All soll ja groß, wenn nicht unendlich sein. Da könne man sich also durchaus schon verirren darin! Elaines Vater richtete sich in seinem Bett auf und versuchte sich krampfhaft daran zu erinnern, wohin er vor dem Schlafengehen seine Brille gelegt hatte. Sie lag, das konnte er zwar nicht sehen, aber sehr wohl ertasten, jedenfalls nicht wie gewohnt auf dem Nachttisch auf dem aktuell gelesenen Buch, dessen Titel ihm momentan auch entfallen war. Spät war es geworden, doch immerhin würde man nur einmal im Leben sechzig Jahre, und dieser besondere Tag war nicht einmal jedem Erdenmenschen gegönnt. Warum also frustriert, traurig, nachdenklich...? Den Tag, das Leben genießen, als sei es der letzte Tag, das letzte Leben...

Wer weiß schon, Gott sei es gedankt, was kommen würde!

Wie solle der liebe Herrgott eine, im Weltall verschwundene, Erdkugel wiederfinden, geschweige denn, sich an sie erinnern, wenn nicht einmal eine Murmel der damals fünfjährigen Elaine im Kinderzimmer oder gar die Brille des alten Jeremias am Nachttisch zu finden war? Elaines Vater erhob sich von seinem Bett, sein Kopf brummte und dieses Brummen wurde begleitet von einem lauten Knacksen, als Jeremias sich noch einmal ins Bett fallen ließ um noch einmal mit, diesmal mit Schwung, sein Vorhaben zu verwirklichen. Nun hatte er es geschafft, hatte sich aus dem Bett erhoben und lehnte am Nachttisch, das darauf

166

liegende Buch zur Seite geschoben. Jeremias tastete nach seiner Brille, und ertastete diese endlich auf seinem Bett. Behutsam hob er beide Teile der Brille auf, hielt nun jeweils eine Hälfte in einer Hand und mit großer Freude und Dankbarkeit stellte er fest, dass das Knacksen soeben nicht von seinen Knochen hergerührt hatte.

Nicht das Alter beherrscht mich, sondern ich herrsche über das Alter, denn schließlich ist es von meiner Existenz abhängig. Ich mache es zu dem, was es ist, (sieht man einmal von Gott ab), geisterte es Jeremias durch seinen brummenden Kopf. Geschwächt ließ er sich wieder auf sein Bett nieder, und zum ersten Mal in seinem Leben schenkte er seinen eigenen Worten keinen Glauben, denn er wusste sehr wohl, dass er auch ohne Brille Gott immer würde *sehen* können, geschweige denn also von ihm *absehen*. Seinem Alter hingegen würde er nicht mehr in die Augen blicken können – so oder so – hatte er sich ihm gegenüber doch so sehr überlegen gefühlt. *Einsehen* musste er es, und selbst hierbei kam er um das Wort *Sehen* nicht herum.

Jeremias war freilich noch kein alter Mann, denn dies bedeutete in dieser Gegend tatsächlich ein weit höheres Alter, aber dennoch war er auch nicht mehr einer der

Jüngeren. Wo war die Zeit nur hin?

Jeremias blickte aus dem Fenster, hinaus in das Leben, in den Nebel. Leben wird zu Nebel, liest man das Wort in die andere Richtung, und wohl auch, geht man es langsam wieder *zurück*. Nebel lässt das nahe Ziel für einen kleinen Moment noch verschwinden, *dämpft* den Blick nach vorne, lässt die Konturen zwischen Schwarz und Weiß in einem sanften Grau verschwimmen. Es würde wohl schon seinen gottgewollten Grund haben, warum alte Menschen schlecht sähen.

Er war nicht unglücklich, vielleicht nur ein wenig geschwächt, doch in diesem Moment - und Jeremias sah dies durchaus nicht als unlogisch – nur *endlos traurig,* denn er dachte an Elaine.

Unglück und Trauer, zwei große Schwestern, die dennoch beide ihr eigenes Leben führen. Dass sie immer wieder einander begegnen, sei aufgrund ihrer Verwandtschaft natürlich nicht zu verhindern...

Meistens spielten sich ja schließlich die familiären Tragödien bei Familienfeiern.

Jeremias erhob sich erneut von seinem Bett, ertastete in seiner Weitsichtigkeit wieder den Nachttisch und legte die beiden Teile der Brille auf das darauf liegende Buch.

Das Neue Testament. Er würde seine Brille reparieren müssen, und zwar unbedingt, denn er wolle unbedingt all die Glückwunschkarten lesen – vielleicht war ja auch eine von Elaine dabei – zumindest eine Karte würde sie ihm doch hoffentlich geschrieben haben. Tatsächlich gehörte er nun also auch zu jenen Menschen, die lebensnotwendig eine Brille besäßen, dennoch aber kein Reserveexemplar in ihrer Schreibtischlade aufbewahrten. Es würde wohl daran liegen, dass alles Lebensnotwendige schlichtweg nicht ersetzbar sei, dachte er. Keine Ersatzbrille, keine Ersatztochter. Kein Ersatzleben schließlich. Alles nur einmal, und einmal nur alles!

Jeremias, sechzig Jahre und einen älter werdenden Tag alt, unausgeschlafen und nachdenklich, brillenlos und voller Willen, setzte sich vor das Haus, das am Rande Maldens lag und also am Ende *seiner kleinen Welt*. Die alte Holzbank knarrte hin und wieder, wodurch sie Jeremias immer wieder innerlich zufrieden schmunzeln ließ. Von seiner Bank blickte er über eines der vielen, Malden umgebenden Felder. Er hatte sie immer geliebt, so sehr geliebt, diese Felder und Wälder im Umland seiner Heimat. Kaum einen freien Tag hatte er daheim verbracht, ohne nicht seine Prinzessin, der er immer, zur Jahreszeit passend, entsprechende Namen wie etwa *Mohnblumenprinzessin*, *Tannenzapfenprinzessin* oder *Schneeglöckchenprinzessin* verliehen hatte. Diese Tage, die er regelmäßig mit Elaine verbracht hatte, waren *wahrscheinlich die schönsten im Leben eines Vaters* gewesen, wie er einmal in seinem geheimen Tagebuch festgehalten hatte. Freilich – er liebte seine Frau, hatte sie immer geliebt, zum einen natürlich ihrer selbst wegen und zum anderen für dieses größte Geschenk auf Gottes Erden und in Gottes Universum: Elaine. So liebte er die Momente, in denen er seine Frau und seine Tochter *um sich* hatte, so sehr, dass ihm jedes Mal, wenn er sie beide umarmte, Tränen in die Augen schossen, vor Glück, vor diesem unbeschreiblichen, gesegneten, gottesgegebenen Glück!

Er hatte oft darüber nachgedacht, mit welchen Worten er dieses so großartige Gefühl des Vater-Seins ausdrücken könne, hatte in seinen Tagebüchern stets Platz gelassen, um nachträglich den erst zu findenden Begriff für dieses Gefühl, einzutragen, bis er am Morgen seines sechzigsten Geburtstages endlich das richtige, das einzig wahre Wort dafür gefunden hatte: Elaine!

Jeremias liebte jeden Moment, in dem er mit seiner geliebten Frau und seiner über alles geliebten Tochter verbringen durfte, er liebte das Gefühl des Zufriedenseins, des Glücks, des scheinbar endlosen Glücks, doch am allermeisten liebte er die Momente, in denen er *sein Mädchen* ganz alleine, nur für sich, hatte. Die Momente, in denen sie beide also dagesessen hatten, auf einer Bank am Ufer einer der *Tausenden Seen* im Norden des Landes, in denen die gerade vierjährige Elaine Tiere und *liebe Monster* in Wolken wiederzuerkennen glaubte, fleißig die Ruderboote am Steg zählte und dabei jedes Mal die Zahl elf übersprang oder in denen sie Flugzeuge, waren sie auch noch so weit entfernt und also klein, am Himmel wahrnahm und mit funkelnden Augen verfolgte, bis sie in den Wolken verschwanden.

Es waren die Momente, in denen seine kleine Elaine nur ihm gehörten, in denen er, Jeremias, nur für seine kleine Tochter, für sein großes Leben, zur Verfügung stand, lebte!

Das Leben muss keine großen Momente versprechen, um lebenswert zu sein. Momente an sich sind es, für die

171

der Mensch lebt. Momente, für die es sich zu leben lohnt. Ist ein großer Moment eines Kindes kleiner als ein großer Moment eines Erwachsenen?

Nebel stieg von den Feldern auf. Jeremias fror, doch er empfand es als angenehm. Die Kälte ließ ihn einerseits wach werden, ihn *spüren, noch am Leben zu sein,* und gab ihm andererseits auch den Antrieb, sich von seiner Bank zu erheben und einen kleinen Spaziergang zu unternehmen.

Zum ersten Mal an diesem Morgen blickte er auf eine Uhr. Die Kirchturmuhr konnte er mühelos wahrnehmen und also stellte er fest, dass es erst kurz vor acht Uhr war. Lange, dennoch aber ausreichend, hatte er also gar nicht geschlafen gehabt. Er wusste jetzt auch gar nicht mehr, warum er eigentlich so früh aufgewacht war. Franziska, seine geliebte Ehefrau, hatte noch tief und fest geschlafen, als er das Schlafzimmer verließ. Nahezu ferngesteuert hatte Jeremias den Weg aus dem Schlafzimmer, hinaus vor das Haus angetreten gehabt, lediglich den wollenen Wintermantel um die Schultern geworfen. So hatte er also seit über einer halben Stunde vor dem Haus gesessen, ehe er sich wieder erhob. Es war der erste Morgen eines neuen Lebensabschnitts,

172

eines neues *Lebensjahrzehntes*, vielleicht des letzten, wer will das schon wissen, und Jeremias hatte es förmlich aus dem Bett, aus dem Schlafzimmer und schließlich aus dem Haus gezogen. Irgendwo da draußen würde sie wohl noch tief und fest schlafen, seine *Morgennebelprinzessin*.

Jeremias griff gewohnt zu seiner Nase, um seine Brille zurechtzurücken. Es wäre in etwa jetzt der passende Moment dafür gewesen, wie er dachte. Er rückte schließlich immer seine Brille zurecht, nachdem er sich erhob, wenn es auch nicht immer vonnöten war. Gewohnheit. Vielleicht wohl auch ein bisschen Vertrautheit. Wer kann das schon so genau trennen, und viel wichtiger, wer will dies auch tatsächlich, folgt daraus doch so oft eine erschreckende Erkenntnis.

Jeremias schlenderte entlang der Felder, und blickte nun über das Feld des *auch schon in die Jahre gekommenen* Schnapsbrenners. Seit dem elendigen Feuertod der Vogelscheuche hatte es nie wieder eine Vogelscheuche gegeben und dennoch wurde das Feld nie wieder von *lästigem Gefieder* heimgesucht. Man würde es wohl nie erfahren, was es mit diesem Feld auf sich hatte - und hat, dachte Jeremias, und leichter Schauer strich ihm

173

über seinen Rücken. Niemand sprach gerne über dieses *verteufelte Feld*, und schon gar nicht wagte irgendjemand, davon zu träumen oder zu Geisterstunde daran zu denken, geschweige denn es zu betreten. Jeremias zog es zwar vor, nicht allzu lange an diesen Ort zu verweilen, obwohl er aber dennoch *freilich* nicht an Geister glaubte. Niemand würde schließlich an Geister glauben und schon gar nicht würde irgendjemand das Gegenteil zugeben.

Jeremias hatte sich bereits für einen Weg entschieden, der vom Feld des Schnapsbrenners wegführte, als er plötzlich innehielt und zurückkehrte. Was solle denn wirklich schon passieren und welches Glück müsse jemandem eigentlich erst zuteilwerden, der in Kontakt mit Geistern Verstorbener käme! Hatte er, Jeremias, nicht selbst als Kind immer zu nächtlicher Stunde den Friedhof Maldens aufgesucht, in der Hoffnung, ebenda dem Geist seines Großvaters zu begegnen. Zum einen hätte er es als großes Privileg angesehen, dass gerade er, der kleine Enkel, mit einem *großen Engel*, seinem toten Großvater, Kontakt aufnehmen dürfe, natürlich hätte er auch dieses Geheimnis gehütet wie seinen damals wichtigsten Schatz, das Taschenmesser jenes Opas, zum

174

anderen, und das hätte Jeremias immer als das noch wichtigere Erlebnis betrachtet: die Feststellung, dass es also tatsächlich ein *Leben nach dem Tode* gäbe. Seine größte Angst, der Grund *jugendjahrelanger* schlafloser Nächte und gelegentlicher Alpträume immerhin, die Angst vor dem Tod, wäre somit mit einem Schlag zunichtegemacht worden.

Entschlossen steuerte Jeremias das Schnapsbrennerfeld an. Er war doch immer noch im Innersten ein Kind, das nicht an Geister glaubt, dennoch aber irgendwie darauf hofft. Ein Kind, das sich also im Morgengrauen über des Schnapsbrenners Feld wagt und das ohne Angst weit, weit weg, am anderen Ende des Feldes, einen sich ihm nähernden, immer größer werdenden, lebendigen Punkt wahrnimmt.

Jeremias - ein Kind, das in diesem Moment erwachsen wurde und sie nun ganz klar wahrnimmt: Die *Augen seiner Kindheit*, die aus dem Nebel heraus in sein Leben treten. Die Augen *seines Kindes,* Elaine.

XVIII
Hinter dunklen Wolken

Leben, Du nimmst, Leben, Du schimpfst
mich jeden Tag und jede Nacht.
Leben, Du gibst nicht, Leben, Du liebst nicht,
hast mir niemals zugelacht.

Leben, Du stinkst, Leben, Du bringst
mich um, wenn ich von selbst nicht geh´.
Leben, Du hasst mich, Leben, Du fasst nicht,
dass in Dir den Tod ich seh´!

Und so leide ich, und so meid´ ich Dich,
beschützt von sanften Träumen, die mein Dasein säumen.

Zu feige, für immer zu geh´n,
zu schwach, Dich um Gnade zu fleh´n,
zu hilflos, Dir zu widersteh´n,
zu tot, um Dir ins Aug´ zu seh´n
...bin ich!

Leben, Du schreist, Leben, Du reist
bis in alle Träume mein.
Leben, Du fichtst, Leben, Du stichst
tief mir in mein Herz hinein.

Leben, Du lachst, Leben, Du machst
Dein Geschenk zur Höllenqual.
Leben, Du siegst, Leben, Du biegst
heute mich zum letzten Mal.

Und so klage ich, und so frag´ ich Dich:
Was ist, das Du begehrst?
Was ist, das Du verwehrst?

Eric betätigte den Auswurfknopf, denn er wusste, dass auch das nächste seiner Lieder auf der *Dark Runes-Kassette* ihn schlussendlich nur deprimieren würde. Freilich mochte er seine Lieder, alleine schon *des Sounds wegen*, aber irgendwie war er wohl doch nicht ganz in der Stimmung dafür, weshalb er schnell zu der erstbesten Alternative in Kassettenform wechselte. Zu seiner großen Freude erstastete Eric unter seinem Autositz eine weitere Kassette, die in den letzten zwölf

Stunden noch nicht den Weg in das Kassettenfach gefunden hatte: Der Soundtrack zum Film *More*, unnötig, den Interpreten zu erwähnen. Hätte Eric diese Szene – mit entsprechender musikalischer Untermalung – in einem Film gesehen, er hätte es wohl für *zu weit über den Garten des Kitsches geschossen* bezeichnet – erstrecht nach der zuletzt gehörten Metal-Ballade über das Leben, das über selbiges aber *so gar nichts Gutes* zu berichten wusste.

Flaumiger Novembernebel über verschlafenen Feldern einer kleinen Unendlichkeit, durch den die verschlafene Sonne schüchtern zu blinzeln wagt. Dazu der passende Song: *If.*

An die Zeit, in der Eric das Lied über das Leben geschrieben hatte, erinnerte er sich gar nicht gerne, ja, eigentlich wusste er nicht mal mehr, wann genau in dieser Zeit er es eigentlich geschrieben hatte. Es musste wohl einer dieser Momente gewesen sein, in denen er wieder einmal *das Leben* als die größte Gefahr für *sein* Leben gesehen hatte. Eric fuhr, mittlerweile in alter Gewohnheit, an den rechten Straßenrand und ließ damit auch Pink Floyds Ballade *dahinfahren*, indem er

178

schlichtweg und mit ziemlicher Sicherheit zum ersten Mal in seinem Leben als Musiker auf die Stopp-Taste drückte. Da blinzelte also die Sonne immer noch verschwiegen durch die Wolkenmauer, was Eric zumindest für einen kurzen Moment automatisch an eine Neuinszenierung Pink Floyds *The Wall,* irgendwo auf den Feldern hinter Maldens denken ließ (Ziegelsteine gäbe es ja ausreichend im nahegelegenen *Ziegelwerk der Gebrüder F. & M. Jakobski).*

Emily beruhigte sich endlich und auch hatte Eric immer noch nicht die Play-Taste erneut betätigt und so war es plötzlich wortwörtlich still geworden im Leben des Eric. Stille. In ihm und um ihn. Nun fehlt eigentlich nur noch das *durch ihn,* wie Eric momentan dachte, und auf seiner Zunge lag schon ein ehrfürchtiges *Amen* bereit, das er jedoch sogleich verschluckte.

Längst schon hatte er das Versteck der Sonne entdeckt gehabt, weshalb sie sich gar nicht mehr hinter den Wolken zu verstecken brauchte, wie Eric dachte. Aber dennoch tat sie es immer wieder. Wie kindisch, dachte Eric und: Muss ich, als klar jüngerer, tatsächlich der lieben, guten, alten und doch anscheinend noch zu verspielten Sonne erklären, wie man flirtet? Man muss

179

sich rar machen, das zum einen, und zum anderen muss man Interesse zeigen, aber nie offensichtlich, versteht sich. Immer muss für das Gegenüber bezüglich des tatsächlichen Inhalts einer Aussage oder Handlung gewisser Zweifel bestehen: Ein bisschen Sonnenlicht darf schon hinter den dunklen Wolken hervorschauen, aber niemals darf sie blenden, schon gar nicht blind machen. Die Sonne hinter Wolken zu vermuten und auf ihr Erscheinen zu hoffen interessiert mehr, als sich mit Sonnencreme und -schirm sich vor ihr schützen zu müssen. Reizvoll ist doch stets nur das Verborgene.

So gesehen hatte es die Sonne schon richtiggemacht, als Eric in seinem Auto an den Straßenrand gefahren war, *seinen* Motor - die Musik, und auch Emilys Motor abgedreht hatte, um ihr, der *Fat Old Sun* das verschwiegene Wort zu übergeben. Wo auch immer Elaine sich in diesem Moment befinden mochte – auch sie würde von *den Armen der Sonne*, den Sonnenstrahlen eingefangen werden. Dieser Gedanke gefiel Eric! Es war nicht nur klassisch der Mond, den zwei Liebende zur gleichen Zeit, von zwei weit entfernten Punkten betrachteten, und der somit jene Blicke sich auf seiner liebeshungrigen Brust vereinen ließ, nein, auch die

Sonne vermochte es, beide liebenden Wesen auf geschickte Art und Weise, getarnt durch ihre Natur, ihre Berufung, zu berühren und somit zu verbinden, zu *verschmelzen*.

Eric dachte an Elaine und...ja, er vermisste sie.

Ob sie fror? Nein! Sie würde nicht frieren – nicht in seiner Lederjacke, nicht unter dem Mantel der gemeinsamen Sonne, die als einzige wüsste, wo Elaine und Eric sich in diesem Moment befänden.

Und sie würde auch niemals frieren in seinen Gedanken, welche Elaine hoffentlich erreichen würden...

XIX
Novembernebelkönig

„Elaine – meine Prinzessin!". Jeremias umarmte seine Tochter, schien sie nicht mehr loslassen zu wollen, nie wieder – denn er hatte das starke Gefühl, diesen Fehler bereits begangen zu haben.

Elaine spürte die zittrigen Hände ihres Vaters auf ihrem Rücken und, nein, sie war ihm nicht böse, war es doch eigentlich nie gewesen, viel mehr hasste sie sich selbst in diesem Moment. Ihren Vater hatte sie *zurückgelassen*, schlussendlich *alleine gelassen* an einem für ihn doch so denkwürdigen Tag. Natürlich war für Elaine jeder einzelne Tag im Leben ein denkwürdiger, aber, wenn man nicht mehr *lebte*, würde dieses *Bild* irgendwie seinen Rahmen verlieren und ohne diesem fiel das einst so wunderbare Gemälde in sich zusammen und Farbe tropfte auf den Boden wie einst das Blut des Herrn vom Kreuze.

Elaine hielt ihren Vater fest, ihren Vater, dessen Fingernägel sich in ihrem Rücken, in der ledernen Jacke festgekrallt hatten, zittrig zugleich vor Angst und vor Freude.

Das Leben ist keine Kugel und auch kein Würfel, vielmehr ein aus unendlich vielen Seiten bestehender, bestehendes...

Elaine japste innerlich nach der korrekten Bezeichnung für jene mathematische Figur, die ihr momentan vor Augen schwebte, bemühte sich aber nicht weiter darum, schließlich wusste sie ja einerseits für sich, was gemeint war und andererseits, dass ihr der korrekte Begriff ohnedies nie in den Sinn kommen würde. Das Leben hat unendlich viele Gesichter, Körper, und hinter jeder Kratzspur am Rücken stehen nicht einfach nur scharfe Krallen sondern ganze Geschichten, verlebte Träume, verträumte Tode,...verstorbene Leben.

Jeremias, Elaines Vater, wäre wohl augenblicklich irgendwo dazwischen geschwebt, hätte sie ihn nicht fest an sich und somit zum Erdboden gedrückt. Sie liebte ihn, ihren König, nicht aber, wie man einen König liebt, sie liebte ihren König, weil er eben einfach ihr *Novembernebelkönig* ihr Vater war.

Vater, Papa!- Elaine suchte nach Worten, suchte die Enttäuschung in ihr, die sie noch vor ein paar Stunden

183

ihren Vater gegenüber verspürt hatte, suchte nach einer Rechtfertigung für ihr Handeln. Nie zuvor war sie einfach weggelaufen vor einem Problem, war ihm einfach aus dem Weg gegangen, im Glauben, dass damit selbiges gelöst sei. Von ihren Eltern hatte sie immerhin gelernt gehabt, jedes auch noch so kleine Problem sofort anzusprechen, es *beim Namen zu nennen*, es gar nicht erst noch größer werden zu lassen. Die meisten der Probleme, wie Elaines Vater stets predigte, würden überhaupt erst zu richtigen Problemen, weil niemand darüber spräche, solange sie noch kleine Ungereimtheiten wären. Es sei kein Malheur, wenn am Herd der Reis anbrenne, würde man den Topf aber nicht rechtzeitig vom Herd nehmen, könne er leicht anfangen zu brennen und mit ihm gleich die Küche oder gar das ganze Haus!

Jeremias sah sein *kleines Mädchen*, das freilich längst schon ein herangewachsenes junges und sehr hübsches Fräulein war, mit traurig-fröhlichen Augen an und noch ehe er etwas von sich geben konnte, fiel Elaine ihm schon ins unausgesprochene Wort.

„Papa...!"

Doch es waren keine Worte der Rechtfertigung, noch waren es Worte der Glückwünsche, des Hochlebens, wie man vielleicht erwarten würde, wäre diese Szene einem kitschigen Film, Minute 89, entsprungen. Nein, nicht etwa, dass Elaine freilich diese Wünsche für ihren Vater nicht hatte; es war dennoch nicht der passende Moment dafür, nicht der *richtige Augenblick*, wie es so schön heißt. Elaine blickte besorgt ihren Vater an: „Frierst Du denn nicht?"

Jeremias, sichtlich gerührt über diese sorgenvolle Frage, sprach:

„Meine Füße frieren, mein Kind, meine Hände spüre ich nicht mehr und meine Nasenspitze mag einem Eiszapfen gleichen, und doch: mein Herz glüht. Meine *Lebenskerzenprinzessin* – Du gibst meiner Lebenskerze Feuer! Du lässt mein Herz nicht erfrieren. Kannst Du Dich noch erinnern an Deinen siebten oder achten Herbst, an jenen Abend, es war auch mein Geburtstag gewesen – damals unternahmen wir gemeinsam einen Spaziergang, weil Mutter noch für eine Stunde alleine sein wollte, um das Abendmahl zu bereiten. Ich stürzte damals so unglücklich auf der vereisten Holzbrücke, Du weißt schon, die Brücke, die von Malden nach Boeding

185

führt, hinüber zu den nördlichen Feldern, und lag da und konnte mich nicht bewegen und Du liefst bis zur Kreuzung zurück, an der heute gelegentlich der Bus hält, riefst Mutter und Rettung an und liefst hernach gleich wieder zurück zu mir. Ich werde mein Leben lang immer denken an diesen Geburtstag, den ich aus heutiger Sicht zu den schönsten meiner Geburtstage zähle, werde bis zu meinem Lebensende den *dunkeleisblauen Spätabendhimmel* sehen, den ich, der ich unbeweglich auf dem Rücken lag, damals über mir sah. In dieses Bild ragten von allen Seiten schwarze Äste hinein, und Du knietest neben mir und erzähltest mir eine Geschichte. Leider behielt ich sie nicht im Kopf, aber ich glaube, es war eine eben erfundene Geschichte, die Du mir erzähltest, während wir auf die Rettung warteten. Sie handelte von einer *guten und noch guteren Fee*, die beide nur Gutes taten und darum stritten, wer denn nun die *gutere* sei oder so ähnlich. Erinnerst Du Dich noch daran? Du erzähltest diese Geschichte so lebendig und bautest zugleich unser momentanes Umfeld ein, also die vereiste Holzbrücke etwa, die schwarzen Äste, die in den Himmel ragten, das Feld mit der, damals erst kürzlich *verschiedenen* Vogelscheuche...

186

Ich fühlte mich damals wie eine, direkt Deiner Geschichte, Deiner Phantasie entsprungene Figur, vergaß längst meinen Schmerz im Rücken und bewunderte schließlich nur noch meine plötzlich *großgewordene* Tochter. Du saßt neben mir und beruhigtest mich, lenktest mich von meinem Schmerz, vielleicht sogar von meiner Angst ab - Elaine, warum auch immer Du gestern nicht zugegen warst, ich werde Dich nicht danach fragen..."

Elaine war auf einmal wieder das kleine Mädchen von damals. Gerührt und mit traurigen Augen blickte sie ihren Vater an: „Ich erinnere mich natürlich an diesen Geburtstag, und auch an die Geschichte, die ich Dir damals erzählte – dass Du Dich aber noch erinnerst, Papa! - waren es doch nur die Phantasien eines Kindes..."

„*Meines* Kindes...!" fiel Jeremias seiner Tochter ins Wort.

Elaine blickte in ihres Vaters Augen, und obwohl sie rein körperlich mittlerweile längst größer war als er und also auf ihn hinabblickte, tat sie dies im übertragenen Sinn freilich dennoch nicht. Die Blicke der Tochter und des Vaters trafen auf derselben *Ebene* aufeinander.

187

Wer eine ähnliche Situation schon erlebt hat, weiß, dass dies ein besonderer – im wahrsten Sinne des Wortes – *Augenblick* ist, und dass dieser vielleicht auch der einzige in einem gemeinsamen Leben sein kann. Derartige Momente werden doch erst gerade aufgrund ihrer Seltenheit, oder gar Einmaligkeit *besonders* und also wertvoll.

In jenem Moment des Wiedersehens überflog eine Krähe das Feld. Sie hätte wohl vieles unbemerkt über das Gespräch zwischen Vater und Tochter erzählen können, doch zog sie es vor, das Geschehen aus sicherer Entfernung, hoch über beide Köpfe, zu beobachten.

Felder in unzählig vielen Brauntönen. *Dunkelgraugrüne, schmutzigbraune und schwarzgraue Felder, Nebel aushauchender Wälder zu Füßen liegend.* Und dann erst die Dächer Maldens, mit ihrer ganz eigenen Farbe: keineswegs rot oder rostbraun oder braun, sondern irgendetwas zwischen dunkelbraun und dunkelgrau und d*unkelwinternebelblau.* Schwer zu erkennen. Inmitten dieser Landschaft stachen sie heraus: zwei dunkle Punkte, so nahe beieinanderstehend, dass sie, sieht man nicht sehr genau hin, auch durchaus nur als *ein* Punkt zu erkennen wären. Was diese beiden Punkte wohl zu besprechen haben? Neugierig geworden, senkte die Krähe ihre Flugbahn, kam den beiden Gestalten dadurch etwas näher und konnte tatsächlich auch ein paar Worte im Fluge aufschnappen. Aber, was Tochter und Vater in einem derartigen Moment einander weiteres zu sagen haben, soll auch zwischen ebendiesen bleiben, dachte sich die Krähe und lachte innerlich über die Menschen und ihren naiven Glauben an die Wirkung von Vogelscheuchen.

Bleibt also, da auf Unterstützung der Krähe nicht zu hoffen, nur zu erahnen, wie das Gespräch zwischen Vater und Tochter wohl verlaufen sein könnte. Nun, Elaine wird wohl ihren Standpunkt, ihre Erlebnisse, all das, was sie am Vorabend durch das Fenster gesehen hatte, und das schließlich auch der Anstoß ihres spontanen Entschlusses gewesen war, geschildert haben, worauf ihr Vater Jeremias ihr sicherlich eine plausible, zumindest aber in irgendeiner Weise nachvollziehbare Erklärung für sein Handeln gegeben haben wird. Theo hätte ihn, Jeremias, unaufgefordert und ohne Einladung

189

wohlgemerkt, aufgesucht, da er, Theo, sich einerseits in Elaines Elternhaus immer sehr willkommen und verstanden gefühlt und andererseits auch eine sehr erfreuliche Mitteilung zu verkünden hätte. So könnte Theo, reumütig und doch selbstsicher, von der Versöhnung mit ihm und Elaine und der bevorstehenden Hochzeit erzählt haben. Dies würde auch den Blumenstraß erklären, den Theo zwar mit ins Haus gebracht, aber nicht der Hausdame, Elaines Mutter, übergeben, sondern vielmehr ungeschickt noch unter seinen Mantel versteckt gehalten hatte, und den Jeremias folglich zu Gesicht bekam. Dieser hätte freilich nie angenommen, dass seine Tochter davon kein Wort wüsste.

Elaine würde nach Schilderung des Jeremias sicherlich die wahre Sicht der Dinge darlegen und ihrem Vater dadurch die Augen öffnen. Beide hätten eingesehen, einen Fehler begangen zu haben und Theo ein weiteres Mal den Schuldigen geheißen. Versöhnung, Umarmung.

Aber das sind, wie gesagt, natürlich nur reine Vermutungen, entstanden *zwischen dem Irgend- und Nirgendwo.* Klar zu erkennen war für die Krähe

190

hingegen aber die versöhnliche Umarmung der beiden Menschengestalten und sie dachte unwillkürlich über das Wort *Umflügelung* nach.

Schon komisch, dachte die Krähe schließlich kopfschüttelnd, *mit meinen kleinen Flügeln vermag ich zu fliegen, frei zu sein, während die Menschen mit ihren plumpen Armen zu nichts weiter imstande sind, als Ihresgleichen damit an sich zu drücken und also alles andere als Freiheit zu schenken.*

XX
Unbunte Farben

Wäre ich, dann würde ich - würde ich, dann wäre ich...

Erics Kopf brummte. Es waren diese Worte, die *ihn* nicht wirklich zu Wort kommen ließen, es war die Sonne, die sich nicht zeigen wollte, es war...ja, was war es denn eigentlich wirklich? Eric blickte aus dem Fenster. Wo war er in diesem Augenblick? Natürlich meinte er nicht die genaue Adresse, wobei für diesen *Platz im Irgendwo* eine solche ohnehin sicherlich nicht existiere. *Dritter Feldweg links, nach der zweiten Abzweigung rechts nach dem fünften Zebrastreifen* vielleicht. Nein, darum ging es auch nicht in diesem Moment und wahrscheinlich auch nie im Leben, denn Eric scherte sich keinen Deut darum, wie und ob dieser Feldweg zu bezeichnen wäre.

Warum würden Verkehrsflächen eigentlich nur nach bereits toten Menschen benannt? Wäre es nicht amüsant, in einer nach sich selbst benannten Straße zu leben und wäre dies nicht sogar das allerbeste Argument für diese Benennung? Müsse man tatsächlich erst tot sein, um beim Namen genannt zu werden?!

192

Es war die Sonne, die Eric irgendwie verunsicherte, doch viel mehr war es Elaine, die nicht nur manchmal zum Vorschein trat, wie die Sonne es sich erlaubte, sondern überhaupt verschwunden war. Gegen die Sonne, zumindest gegen das Blenden der immer wieder kehrenden Sonnenstrahlen wusste Eric sich zu helfen. Und zwar mit einer zweifelsohne original aus den 1970er Jahren stammenden Fliegerbrille seines Vaters, nunmehr die seine, die er aus dem Handschuhfach heraus gekramt hatte. Mit diesem Erbstück auf der Nase öffnete Eric, lässig eine Zigarette im linken Mundwinkel, die Autortüre. Eine Lederjacke hätte das Bild perfekt gemacht. Eric war eigentlich kein Freund von Brillen, schon gar nicht von Sonnenbrillen, und diese Brille hatte er bisher auch nur sehr selten getragen. Sie diente ihm lediglich zur *Maske*, als welche er sie auch ständig nur bezeichnete, also, um seinen Augenringen, seinen glasigen, roten oder verweinten Augen Schutz zu bieten, beziehungsweise vor allzu neugierigen Blicken zu bewahren. Heute war wohl wieder *einer dieser Tage* eingetreten, die Eric automatisch in Emilys Handschuhfach greifen ließen.

Noch ehe die Autotür ins Schloss knallte, glühte schon

die Zigarette in Erics *gitarrisierten Fingern*. Die großen, typisch geformten Fliegersonnenbrillen hatten sich unbewusst in diesem Moment hervorragend in Szene gesetzt. Das Glühen der Zigarette, der alte Fiat, die Welt, wahrgenommen durch des Vaters Fliegerbrille, ein Gefühl, das für Eric nicht in Worte zu fassen gewesen wäre. Aber der Genießer würde bekanntlich ja ohnedies schweigen.

Die Sonne erhob sich also wieder hinter den Dächern Maldens. Als Eric Malden verlassen hatte, hatte die Sonne gerade hinter schweren Regenwolken ihr Haupt gesenkt gehabt. Es war immer noch die gleiche, alte Sonne wie am Vortag, doch Eric fühlte, dass er dies von sich nicht mehr behaupten könne.

Er dachte, seiner Zigarette eine tiefen Zug abverlangend, über die Finsternis nach. Was machte diese aus? Die Welt, das Umfeld, sein Haus, sein Garten, ja, er selbst veränderte sich ja nicht, lediglich die Finsternis ließ alles und jeden *andersartig erscheinen*.

Vor den Augen des Eric flimmerte momentan ein alter Schwarz-Weiß-Krimi. Eigentlich war es nur die Szene eines Krimis, und, je länger er darüber nachdachte,

194

handelte es sich nicht einmal um einen Krimi.

Als Bub hatte er mit seinen Eltern die Folge einer Serie, deren Namen er sich heute nicht mehr erinnern will, gesehen und seine Mutter hatte wieder einmal neben dem Fernseher, die Antenne in der Hand haltend, gestanden, während sein Vater fest an seiner Bierflasche gehalten hatte. In dieser Folge war ein Mann durch eine Bahnunterführung gelaufen. Eric und sein Vater hatten gespannt vor dem Fernseher gesessen und – war es gerade nicht spannend – der Mutter Verbesserungsvorschläge zur optimalen Positionierung der Antenne gegeben. Der Mann im Fernseher hatte die Bahnunterführung in Schwarz-Weiß betreten, jedoch – aufgrund einer unabsichtlichen, schließlich aber doch *richtigen* Bewegung der Mutter - in Farbe verlassen. Genau dieser Moment war tatsächlich der für Eric entscheidende Moment in Bezug auf die Sicht des Lebens gewesen.

Hatte ihn der eilende, *schwarz-weiße Mann* (der vielleicht nur einen Zug erreichen wollte) in der schwarz-weißen Bahnunterführung Angst und Schrecken bereitet, so war dies bei jenem Mann, der in Farbe denselben Weg eilig hinter sich zu bringen hatte, (sei es auch ein flüchtender

195

Mörder) kein Problem. Alles also nur Sache der *Beleuchtung, der Farbgebung*?

Unweigerlich musste Eric daran denken, in welchem Farbton, wenn überhaupt in Farbe, sein Leben wohl verfilmt würde.

Wohl in Schwarz-Weiß und natürlich dem dazwischenliegenden Grau, der Zusammensetzung der sogenannten Unbunten Farben also! Was bedeute dies schon? Naja, zumindest wohl mehr als ein *nicht vorhandenes buntes Leben!* Tatsächlich, so dachte Eric, könne man sein Leben ohne weiteres – jetzt, wo er seine weinrote Lederjacke, und also einzige *Lebensfarbe*, nicht mehr besaß – in Schwarz-Weiß-Grau verfilmen.

Eric schloss seine Augen und versuchte sich, eine, ja, nur *eine* Farbe vorzustellen. Diese sollte dann farbgebend sein für die vermeintliche Dokumentation, die es ja sicherlich eines Tages über die *Dark Runes* geben würde. Es war, nicht wie üblich, Grau, an das Eric stets zuallererst in Bezug auf sein Leben dachte, nein, er dachte an die Farbe Weinrot!

Weinrot?? Ausgerechnet jene Farbe, die ihn nun ja, *lederjackenlos*, am wenigsten mit sich und seiner Band verband. Warum als weinrot?

Er stieg wieder in sein Auto ein, ließ – ausnahmsweise – die Türe sanft ins Schloss gleiten, ja, zu sanft, sodass er sie erstrecht nochmal öffnen musste um sie mit leichtem Schwung erneut ins Schloss fallen zu lassen. Er atmete tief durch, faltete die Fliegersonnenbrille mit seiner rechten Hand zusammen, ehe er sie wieder im Handschuhfach verschwinden ließ. Sie gefiel ihm eigentlich gar nicht mehr, diese Brille, dachte er, als er sich im Innenspiegel damit gesehen hatte. Hinter dieser Brille aber könne er, wie er dachte, nicht nur seine Augen verstecken, sondern sein ganzes Gesicht – könne *einfach so verschwinden* für ein paar Momente, wie hinter einer Maske.

Er beschloss, die Brille nicht mehr zu tragen, jedoch ihre Gegenwart im Handschuhfach weiterhin zu *ertragen.* Wer wüsste außerdem schon, ob sie nicht sogar eines Tages *etwas wert* sei, jetzt mal ganz abgesehen vom persönlichen Wert. Naja, träumen würde man schließlich noch dürfen – immerhin hatte er es mit seiner Musik so weit gebracht, dass er gut davon leben konnte. Er und auch seine Familie. Achja, seine Familie - da war sie wieder ganz deutlich zu sehen, ohne seiner schutzbietenden Brille.

Müdigkeit überkam ihn plötzlich und er wusste, dass es nun endlich an der Zeit war, so schnell wie möglich sein Bett aufzusuchen.

Ja, vielleicht war es gerade dieser Umstand, der Moment, alles zusammen einfach, der ihn, Eric, wie von einem Magneten angezogen, wieder zurückholen sollte. Doch es war nicht der Magnet, der ihn zu sich zurückzog, denn war *er selbst* doch der Magnet. Ein kleiner *Eiskastenmagnet*, der von der riesigen Eiskastentüre angezogen wurde. *Nicht der Magnet zieht die Türe zu sich, sondern die Türe zieht den Magneten zu und also an sich*, dachte Eric. Die magischen Kräfte des Magneten erlägen der plumpen Gegenwart einer (heavy) Metalltüre.

Jede Kraft, jedes Wunder an sich bestehe doch nur solange, bis es am Alltäglichen zugrunde gehe, dachte Eric. Und auch der stärkste Magnet, auf einem weiten Feld im Grase liegend, sei nicht mehr als ein nutzloses Ding, *ein Konzert ohne Publikum*. Keine Kraft, kein Wunder, kein Konzert besteht schließlich ohne ein *Gegenüber*. Keine *Dark Runes* also ohne Publikum und doch: kein Eric ohne Yvette? Magneten würden sich schließlich auch von Waschmaschinen angezogen fühlen...

Eric gefiel das Bild des wehrlosen Magneten, der seine Macht nicht auszuspielen im Stande war und jetzt erst wurde ihm bewusst, dass er Yvette mit einem Eiskasten gleichsetzte. Er starrte ins Nichts, um über diesen unbewussten Gedanken nachzudenken. Da er am besten beim Autofahren nachdenken konnte, startete er dieses spontan.

Emily, aus ihrem wohlverdienten Schlaf gerissen, begann sogleich zu schnurren. Eric blickte in den Außenspiegel, der ihm jedoch nicht als *gähnende, silbergraublaue Leere* bot, ehe er das Blinksignal betätigte. Doch – stopp – Eric stieg abrupt von den Pedalen und kramte erneut in seiner Kassettensammlung. Der *Weg zum Schafott* war es immerhin gewesen für Eric, der sogleich über passende, würdige musikalische Untermalung, über den *Soundtrack des herannahenden Todes* nachdachte. Nun, welche Kassette war noch vorhanden in seinem Fiat? Eric überlegte: Pink Floyd, so sehr er sie liebte und lebte, würden ihn nicht deprimieren. Nein, das war es nicht. Nicht dieses eine Mal. Bewusst sogar wollte er die Klänge Pink Floyds nicht mit einem *negativen Ereignis* in Verbindung bringen. Es musste also etwas *Anderes* her, ging es um seinen Tod. Doch, was sollte dies sein? Eric, der für jeden Moment im Leben die absolut und also einzig mögliche, folglich richtige Musik benötigt und stets fand, war ratlos.

Da die momentan verfügbaren Ressourcen ohnehin nicht sehr vielseitig waren, war die Entscheidung schnell gefallen: Die *Dark Runes* mussten her, ganz klar! Wenn schon, dann mit ihnen untergehen....

Eric nahm die Kassette, die er zuvor, nach dem Lied *Leben* auf den Beifahrersitz, auf *Elaines Sitz* gelegt hatte, nahm die Pink-Floyd-Kassette aus dem Fach, und fütterte dieses nun mit dem *Dark Runes-Tape*. Emily rollte sogleich auf die Fahrbahn und Eric das *R* in seinem Lied...

Heller Tag – Du im Sonnenlicht.

Seh´ Dich an – starr´ in Dein Gesicht.

Lachst mir zu - und ich glaube Dir.

Deine Augen – sie gefallen mir.

Ein Mensch, und doch nicht ein Gesicht,

liebt den Schatten, liebt das Licht.

200

Ein Mensch, er hat mir zugelacht.
Der Tag hat ihn zur Nacht gemacht.

Dunkle Nacht – Du im Vollmondschein.
Siehst mich an – als wär´ ich längst schon Dein.
Lass´ mich los! - Ich kenn´ Dich nicht mehr.
Zeigst mir doch – was ohne Dich ich wär´.

Ein Mensch, und doch nicht ein Gesicht,
liebt Schatten, und liebt auch das Licht.
Ein Mensch, und sein Gesichtermeer -
doch seine Augen bleiben leer.

XXI
Blumenköpfe

Er hatte sie immer schon geliebt. Wann aber hatte dieses *Immer* eigentlich begonnen? Nun, es musste wohl damals, in jener Nacht, in der des Schnapsbrenners Vogelscheuche zu Tode kam, gewesen sein. Ja, genau, in jener Nacht war es wohl schon ein bisschen um ihn geschehen gewesen, natürlich noch mit einer ganz anderen Bedeutung, eben jeder eines Kindes. Freilich, Elaine hatte nichts davon mitbekommen, war viel zu sehr beschäftigt mit ihrer Aufgabe als *Gruppensprecherin und Schlusslicht*. Theo musste schmunzeln, als er daran dachte, denn er hatte schon sehr lange nicht mehr an Elaine in ihrer Rolle als *Schlusslicht* gedacht.

Er lehnte sich an einen Birkenbaum, denn er war schon sehr müde und zudem volltrunken, war schon lange ziellos in der Gegend herumgelaufen, ehe er für ungewisse Zeit auf der Wartebank im Autobushäuschen geschlafen hatte.

Zu allem Überfluss hielt er auch immer noch den Blumenstrauß für Elaine in der Hand. Er war ihr nicht begegnet. Elaine war einfach nicht erschienen zum 60. Geburtstag ihres Vaters, hatte somit unbewusst auch ihn, Theo, auf sie warten lassen. Dieser war sich sicher, Elaine bei ihres Vaters Geburtstagsfeier anzutreffen, weshalb er auch, ohne Einladung wohlgemerkt, diese Feier aufgesucht hatte. Ja, er wusste natürlich genau, was er *verbrochen*, was er Elaine angetan hatte. Es war diese Zeit, ach Gott, ja, *Gott*, denn dieser trug Theos Empfinden nach immerhin maßgeblich am *Desaster* dazu bei. Natürlich sei es auch immer einfach und verlockend, den Schuldigen oder zumindest Mitschuldigen in jemanden zu suchen, den man nie gesehen hat, der vielleicht ja nicht einmal existiere, wie Theo dachte, aber warum solle nun ausgerechnet er, Theo, die Ausnahme sein? Niemand wolle schließlich alleine gegen den Rest der Welt ankämpfen! Elaine habe tagtäglich, nicht nur, wie er es von seinen Eltern gewohnt gewesen war, an Sonntagen vom lieben Herrgott gesprochen, ja, sie hatte den Namen des Herrn öfters ausgesprochen gehabt als den Namen ihres Freundes Theo.

Der liebe Herrgott, wie Theo damals gedacht hatte, sei kein Grund für ihn, treu zu bleiben. Erstens, weil es ihn ja wahrscheinlich ohnehin nicht gäbe und zweitens, weil er, gäbe es ihn etwa doch, sowieso nur die *Menschheit anschwiege*. Denn wer schweige, habe entweder nichts zu sagen oder aber etwas zu verbergen, sei also unehrlich. Es sei wie bei einem Neugeborenen, das einen zwar *lieb anblicke*, das aber dennoch nicht reden und somit auch nicht *petzen* könne. Wer nichts zu sagen habe, verstehe überhaupt entweder die Sprache nicht oder sei zumindest nicht als ernsthafte Gefahr anzusehen, dachte Theo und stolperte hinüber zur anderen Straßenseite.

Er blickte auf das Feld des Schnapsbrenners und dachte wieder an Elaine - und an Gott. Was hatte er damals nur an Angst ausgestanden? Vor Gott hatte er sich immer schon mehr gefürchtet gehabt als vor dem Krampus oder seine Tante Agathe, denn letztere konnte er *sehen* und also vor ihnen davonlaufen, Gott aber sei ja unsichtbar, weshalb er auch nicht wusste, in welche Richtung er vor ihm davonlaufen solle. Notbeleuchtung gäbe es im Leben ja schließlich leider keine, und wenn doch, dann würde Thomas Bernhard von seiner Wolke aus schon für die Abschaffung sorgen.

Elaine war es gewesen, die *vorgeschickt* wurde, um mit Gott – auch im Namen all ihrer kleinen Freunde – zu verhandeln und sie hatte, wie Theo und die anderen es damals empfunden hatten, nicht nur *den Tag, den Abend und die Nacht,* sondern überhaupt das *Leben* der Kleinen gerettet gehabt.

Theo hatte damals, in diesem Moment, als er sich zu Elaine hinunter gekniet hatte, in ihre Augen gesehen und fasziniert ihre Kühlheit, ihr *Überlegenheit* wahrgenommen gehabt. Aus der *Verknalltheit* eines jungen Burschen war die Schwärmerei eines Knaben und schließlich die Verliebtheit eines Jugendlichen geworden, aus der in weiterer Folge die Liebe eines jungen Mannes erblüht war. Elaine war, nach wie vor natürlich, die jüngere der beiden gewesen und dennoch, auch zur Zeit des Studiums die weitaus Erfahrenere, Vernünftigere und schließlich Erfolgreichere gewesen. Theo hatte sehr viel, und schließlich, *weil Elaine,* alles aufs Spiel gesetzt gehabt. Und wofür? Für inzwischen längst vergessene Wochenenden in Malden, weit weg von seiner Liebsten, für längst zu bereuende *Bettgeschichten* mit Yvette, die selbst doch nur unter der Einsamkeit litt, die ihr *Musikermacho* zu verantworten hatte, und in die er, Theo, *nicht einmal eine Nacht lang* verliebt gewesen war.

Theo dachte an Elaine und ihren Gott, an Yvette und ihren Musiker, der in etwa denselben Stellenwert für diese gehabt hatte.

Wo aber war *seine* Rolle stets gewesen? Er dachte an das *Neue Testament*, das stets auf Elaines Nachttisch gelegen hatte und an das aktuelle Album *Wish We Were Heros* der *Dark Side Of The Runes*, das neben dem CD-Player auf Yvettes Nachttisch gelegen hatte.

Alles hatte plötzlich seinen logischen und einzig möglichen Platz. Theo sah sich in keinem der Betten liegen und an keinen der beiden weiblichen Körper schmiegen, an keinem der Frühstückstische und in keinem der Herzen sitzen. Er sah sich plötzlich nur noch als *lächerliche Figur am Rande eines Feldes*, an einem solchen er nun tatsächlich gestanden hatte.

Wie schnell nur die Bildhaftigkeit ihre Arme nach der Realität auszustrecken vermochte...

Was war ihm eigentlich nur eingefallen, Elaines Eltern aufzusuchen, ihre Gastfreundschaft auszunutzen, ihren sündteuren Whisky zu trinken, den Blumenstrauß Elaines Mutter *nicht* zu überreichen, den Vater mit Hochzeitsplänen zu beglücken, zu belügen? Wie konnte er, Theo, überhaupt das Haus betreten, das er mit seinem Ruf so sehr beschmutzt hatte? Was hatte er erwartet? Mit seinen schmutzigen Schuhen einfach auch all seine Sünden im Vorhaus abstellen zu können, wie einen Regenschirm?

Hatte Theo etwa tatsächlich erwartet, Elaine würde ihn um den Hals fallen? Hätte sie etwa, voll der Rührung, den Blumenstrauß entgegennehmen sollen und *JA* sagen? Lächerlich! Jämmerlich! Unglaubwürdig! Eine Würdigung seines Unglaubens.

Theo beschloss, endlich *seinen Heimweg,* seinen *letzten Weg* anzutreten. Im besten Anzug war ja immerhin schon und für Blumen war auch gesorgt. Natürlich aber wäre er viel zu feig *für einen solchen Schritt*, dessen war er sich natürlich bewusst, zugleich aber auch, dass dies wohl auch nur noch das einzige ernstzunehmende Hindernis sei. Er blickte noch einmal über das weite Feld, und ihm war, als konnte er zwei Gestalten darin wahrmachen, die gerade einander umarmten. Natürlich würde er schon wieder träumen. Tagträumen, denn, ja, es war inzwischen tatsächlich längst nach Tagesanbruch gewesen. Die Welt hatte sich weitergedreht und alles andere drehte sich auch um ihn herum, wie ihm schien.

Dieses Feld – irgendwie hatte damals schon, zumindest unbewusst, sein eigentliches Leben, jenes mit Elaine, angefangen. An die Zeit vor der nächtlichen Verbrennung erinnerte er sich auch gar nicht mehr. Als hätte seine Kindheit, sein Leben, erst in jener Nacht begonnen gehabt. Vielleicht war es Schicksal, *Gottes Fügung*, und er sollte sein Leben auch hier wieder beenden – wie es einst der Vogelscheuche geschah. Würde Gott tatsächlich existieren, wie Theo in gehässigem Tonfall laut dachte, so solle er es doch hier und jetzt beweisen, und ihn, Theo, mit ein bisschen Mut beschenken.

Theo versuchte sich in Gedanken eine Geschichte zu den zwei Gestalten am Feld, die er immer noch im Auge hatte, auszudenken. Zwei Liebende, die sich täglich heimlich zu Tagesanbruch dort treffen? Zwei Menschen, die einander noch nie zuvor gesehen haben, und nun auf diesem Feld aufeinandertreffen und füreinander bestimmt sind. Vielleicht aber auch schon die *nächste Generation*, die bereits wieder neue Streiche ausheckt? Beim Gedanken an den Schnaps wurde im auf einmal noch übler als ihm bisher ohnehin schon gewesen war. Nein, er wolle nicht jetzt und nicht auf diesem Feld sterben, und schon gar nicht auf so jämmerliche Art und Weise, hatte er soeben mutig beschlossen.

Der Tag war jung, Theo war älter, die Blumen in seiner Hand tot. Theo schlenderte ein Stück des Weges entlang des Feldes, ehe er erneut die Straßenseite wechselte. Vielleicht würde ja doch schon der Autobus in seine Richtung den Betrieb aufgenommen haben. Die nächste Busstation war immerhin schon vor ihm zu erkennen, und somit also ein mögliches Ziel. Theo lachte und schämte sich zugleich dafür. Warum oder gar vor wem, das wusste er momentan selbst nicht, war doch auch niemand zugegen gewesen – *naja, außer Gott vielleicht...*

Tatsächlich fuhr nur ein paar Minuten später der erste Autobus die Station ein, doch Theo trat erschrocken zurück und verkroch sich hinter dem Wartehäuschen. Der Bus war längst schon wieder abgefahren, als Theo sich immer noch in gehockter Stellung hinter dem Wartehäuschen befand, den verblichenen Blumenstrauß schützend über den Kopf haltend. Er trat hinter dem Wartehäuschen hervor und

wusste selbst nicht, warum er dem Bus, auf dessen Ankunft er schließlich gewartet hatte, nicht zugestiegen war. Ein spontaner Entschluss, offensichtlich. Vielleicht einer inneren Stimme folgend?

Das *Hinter-dem-Wartehäuschen-Versteck* und die damit verbundene körperliche Anstrengung setzten Theo noch mehr zu, freilich war auch der eiskalten Luft eine gewisse *Schuld für seinen Zustand* zuzuschreiben. Tatsache war auf jeden Fall, dass Theo sturzbetrunken und sich seiner Gedanken und Schritte nicht mehr sicher war. Er wollte nicht sterben, soviel war zwar nun doch irgendwie klar, doch wollte er auch nicht leben, was das Ganze seiner Meinung nach wiederum etwas verkomplizierte. Viel zu sehr liebte er das Leben, um dafür zu sterben, und viel zu sehr liebte er Elaine, um für sie gestorben zu sein. Hass hingegen verspürte er einzig und alleine sich selbst gegenüber.

Theo beschloss, nicht auf den nächsten Autobus zu warten, sondern den Weg zu Fuß anzutreten, denn er wollte nicht *nutzlos in der Gegend herumstehen, wie einst des Schnapsbrenners Vogelscheuche*, weil sich ja doch kein Vogel daran schreckte. Ja, dachte er, es sollte wohl so sein, dass er nicht den Heimweg mit dem Bus antrete, das spürte er momentan, deshalb wohl habe er auch den

Bus davonfahren lassen. Er solle wohl *seinen ganz persönlichen Canossagang* antreten, mit jedem Schritt seines Weges *bereuen, bitten, bitterlich bereuen*, oder aber auch einfach nur nachdenken und auf neue Gedanken kommen, seinen *gottgewollten Weg* erkennen.

So trat er also schwankenden Schrittes den Weg, oder, wie er es vielmehr empfand, *sicheren Schrittes den schwankenden Weg* an. Über dem müden und brummenden Kopf des Theo blinzelte schon längst die Sonne durch die Wolkendecke, was er jedoch nicht wahrzunehmen schien, er wollte einfach nur noch ins Bett. Einzig die Blumen in seiner Hand schienen etwas aufzutauen und unbemerkt ihre geköpften Häupter sehnsüchtig ein letztes Mal nach der Sonne zu richten. Was sie ihr wohl gerne noch gesagt hätten?

Nun, wer zerbricht sich schließlich schon den Kopf über die letzten Gedanken zerbrochener Blumenköpfe, wer hat schon die Zeit dafür, wenn er nicht gerade selbst tot darunterliegt?!

XXII
Wo liegt das Herz?

Wo liegt das Herz? Nicht hinter der linken Brust versteckt es sich, sagt ihr Hausarzt. Eine Behauptung, die auch schon Elaines altes Biologie-Schulbuch zu bestätigen wusste. Elaine selbst hatte das freilich noch nie überprüft. *Irgendwo eher in der Mitte des Körpers, oder so ähnlich*, läge es, wie es sowohl Dr. Ullrych, ihr Hausarzt, als auch ihr Biologie-Schulbuch unabhängig voneinander beschwört hatten. Nun, Elaine war es eigentlich auch gar nie so wichtig gewesen, Hauptsache war schließlich immer nur die Tatsache gewesen, *dass* ein Mensch ein Herz habe und noch viel mehr, dass er *Herz habe.*

Herz und Verstand, wie es immer so schön hieße, *müsse der Mensch besitzen*. Elaine aber glaubte nicht an *Besitz*, glaubte auch nicht an den daran hängenden Menschen und schon gar nicht an das Herz in der typischen Form, wie es überall zu sehen sei. Wer wohl die Form des Herzes erfunden hätte? Sie dachte erst gar nicht darüber nach, weil sie ja doch wusste, wieder einmal die

Antwort darauf *nicht* zu wissen. Vielmehr beschäftigte sie in diesem Augenblick die Frage, wer dies überhaupt wüsste und noch mehr, *ob* man dies überhaupt wüsste? Und wenn ja, welche *Freaks* dies wohl eigentlich gewesen sein mussten.

Woran aber glaubte Elaine nun tatsächlich? An *das Gute* - wie auch immer graphisch dargestellt - im Menschen, im Tier, in der Pflanze – kurz: in der Natur, und noch kürzer: in Gott! Natürlich würde Gott nur das Gute verheißen, würde *Herz* besitzen und nicht, wie sie es einmal von ihrer Mutter gehört hatte, *mit jedem Herzensschlag einen Menschen auf seine Welt befördern und zugleich dafür wieder einen zu sich nehmen.* In ähnlichen Worten wurde Elaine von Seiten der Mutter seit Kindesalter her *die beiden Punkte Leben und Tod auf einen Punkt gebracht.* Ein überdimensionales Wartezimmer: *Auf Wiedersehen, der Nächste bitte!*

Mutters Birnenkompott liebte und liebt Elaine dennoch seit jeher *abgöttisch,* wenn auch aus *Jakobsbirnen* zubereitet!

Eric hingegen hatte übrigens die *ganze Sache mit Gott* stets mit einem Brettspiel verglichen. *Ein Brettspiel, an*

213

dem der Mensch stets nur am Rande des Spielbrettes saß. So hatte er die katholische Kirche stets als Schachspiel gesehen, in dem eigentlich die Dame, die Heilige Mutter Maria also, die höchste Figur im *Spiel* sei und alle, vom König bis zum Bauern, ihr zu Füßen lägen. Der liebe Herrgott, der König im Spiel, sei im Spiel zwar die *ranghöchste und doch aber zugleich unbeweglichste Figur.* Ein bisschen wie der Papst: *hineingepresst in ein vorgefertigtes Bild,* wie Teig in eine Backform, ohne Platz für Bewegung, geschweige denn Atem. Ein nahezu *starres, totes Subjekt,* angehimmelt vom Betenden und dennoch nicht geehrt vom Himmel, denn dieser hätte *dafür* keinen Platz mehr zu bieten, seit er von der modernen Luftfahrt erobert wurde. Kein Gebet am Radarschirm, Platz der Wissenschaft, doch *Wissen schafft keinen Glauben, sondern tötet ihn*!

Elaine blickte zum Himmel, und dachte darüber nach, wann sie eigentlich zum letzten Mal mit ihrem Vater Schach gespielt hatte.

Wie sie in diesem Moment darauf kam? Immerhin war das gemeinsame Schachspiel mit beziehungsweise gegen ihren Vater seit Kindesalter Ritual an ganz *besonderen Tagen* wie etwa den Geburtstagen des Vaters gewesen. Elaine beherrschte immerhin, Dank des Unterrichts ihres Vaters, die Regeln, ja, vielmehr *die Kunst des Schachspiels* seit ihrem sechsten Lebensjahr.

Mit Theo hatte sie stets nur *Mensch-Ärgere-Dich-Nicht!* gespielt gehabt. Und selbst das hatte er immer nur als Verlierer beendet.

Regelmäßig hatte Theo das Spielbrett samt Figuren und Würfel an die Wand geworfen und lauthals seine Unfähigkeit,

Gesellschaftsspiele gesellschaftsfähig zu spielen, gestanden. Aus keinem anderen Grund zöge er es übrigens auch vor, *diverse Kirchen-Schauspiele,* als welche er vor allem die Heilige Messe, aber auch unter anderem Taufen, Hochzeiten und Beerdigungen zu bezeichnen pflegte, zu meiden. Gerade bei den letztgenannten *Schauspielen* würde ohnehin nur geweint, sodass schließlich mehr Tränen als Messwein flössen.

Elaine blickte in den verstaubten Morgenhimmel, der inzwischen unbemerkt alle seine *Sternenfreunde* verschluckt hatte, blickte in die Augen ihres, wie sie augenblicklich empfand, inzwischen doch auch etwas

215

verstaubten Vaters Jeremias, hing sich bei diesem ein, legte ihren Kopf an dessen Schulter und wandelte mit ihm zurück zum Elternhaus, in dem inzwischen schon längst die Mutter voll der *naturgemäßen mütterlichen und ehefraulichen Sorge* in den Morgen hinein gewartet hatte.

„Wo liegt Dein Herz, Papa?"
Elaine blieb stehen und blickte ihren Vater mit dem ernsten, fragenden Blick einer Tochter an. Jeremias schien der kurze Halt nicht zu stören, im Gegenteil, er schien ihm gut zu tun, und seine tiefen Atemzüge waren durchaus als Zeichen der leichten Erschöpfung wahrzunehmen. So schien er den abrupten Halt demnach also zuerst tatsächlich einfach nur zu genießen und als Möglichkeit zu sehen, seine Lungen mit ausreichend Luft und also sich mit Energie vollzupumpen, ehe er sich auf die Situation, geschweige denn auf die Frage seiner Tochter Elaine konzentrieren konnte.

„Wo Mein Herz liegt? Mein Kind, mein Herz..." Jeremias hatte tatsächlich noch nie zuvor darüber nachgedacht gehabt, und in diesem Moment war es ihm auch egal gewesen, ob seine Tochter diese Frage wortwörtlich oder doch bildhaft gemeint hatte, denn er hatte in sechzig Jahren überhaupt und also in keiner Hinsicht je darüber nachgedacht gehabt. Wo also sein Herz läge? Anatomisch gesehen wusste er, Jeremias, natürlich, wo, anatomisch gesehen, sein Herz lag. Diese Frage wäre also ohne weiteres zu beantworten gewesen, doch irgendetwas schien den älteren, naja, sagen wir lieber, weil er lieber so genannt werden will, *weisen* Mann richtig zu deuten, dass es sich bei dieser Frage keineswegs um eine derartige Frage zu handeln schien, sondern, dass diese viel eher symbolisch zu verstehen sei.

Jeremias dachte also nach. Über Anatomie. Über Symbolik. Über Herzen. Über die *Symbolhaftigkeit des nichtanatomischen Herzens* schließlich. Er dachte also nach über ein Zeichen, ein Piktogramm auf *irgendeiner Ziegelwand*, das doch in diesem Moment *sein*, und nur *sein Leben, sein wahres Herz* zu bedeuten vermochte. Er wusste freilich, dass ein auf eine Ziegelmauer geschmiertes Herz schlussendlich viel mehr bedeuten könne als ein wahres, *lebendiges Herz*. Ein für Jim Morrison oder Jesus oder John Lennon an die Wand gekritzeltes Herz vermag öfters und länger und

217

kraftvoller als ein Herz in einer einsamen Menschenbrust zu schlagen. *Jim, John, Jesus, Jeremias...welch ungewollte Alliteration...schon so frühmorgendlich!*

Jeremias schnappte nach Luft, schnappte vielmehr nach jeder Stimmung, nach jeder Einsicht, nach jedem Duft von Erkenntnis – atmete das Leben tief in sich ein.

Die Kunst wird erst zur Kunst, wenn die Menschheit sie dazu ernennt, und das Herz wird erst zum Herzen, wenn sie daran denkt.

Wo nun aber sein Herz lag? Jeremias blieb stehen, sah Elaine erneut in die Augen, nahm sie fest in seine Arme und verkündete: „Du, meine geliebte Elaine, magst mein Herz in diesem Moment spüren, denn schließlich umarme ich Dich auch ganz fest, voll der Liebe, voll des Glücks und also voll des Lebens! Doch wirst Du mein Herz auch noch schlagen fühlen, wenn ich eines fernen Tages nicht bei Dir bin? Gewiss, meine Herzensprinzessin, schlägt mein Herz doch in Dir und durch Dich! Hörst Du es nicht heraus, dann nur deswegen, weil es im Einklang mit dem Deinigen schlägt"

Elaine umklammerte ihren Vater, umarmte *ihr Herz.* So

sehr war sie gerührt von den Worten ihres Vaters, von seinem Glauben, von seiner Liebe, am meisten vielleicht sogar von der verlorenen oder viel eher *Gott anvertrauten Angst*, die Ihren Vater Jeremias,

befreit aller irdischen Lasten, gleichsam über dem Feld schweben ließ. Schwerelos. Frei, mit sich und dem Leben, mit Elaine, im Reinen. Elaine hielt ihren Vater fest, als handelte es sich bei ihm um einen Luftballon, der unentwegt in den Himmel stiege, würde er nur einen Augenblick lang nicht festgebunden oder festgehalten.

Zum ersten Mal in ihrem Leben wurde ihr die Vergänglichkeit auf Gottes Erden bewusst. Zum ersten Mal hatte Elaine *glasklare Angst* um ihren Vater. Es war nicht die Angst um seine Seele, um seine weitere Existenz, denn darüber wusste sie ja Bescheid, nein, es war ganz einfach die Angst vor dem Gedanken, ihren Vater nicht mehr in die Arme schließen zu können, die Angst, eines Tages seinen Herzschlag zu vergessen.

XXIII
Fliegendes Zweikopfschwein

Ich glaube.

Ich glaube an Dich.

Ich glaube, an Dich komm´ ich nicht ´ran.

Ich glaube.

Ich glaube an mich.

Ich glaube, an mich stellt irgendwann

die Zeit die Frage nach uns zwei´n -

sie wird am Schluss alleine sein.

Ich glaube.

Ich glaube an uns.

Ich glaube, an uns zwei geht das Glück

vorbei, mit leiser Sicherheit,

die uns im Innersten entzweit.

Ich glaube...

Ich glaube nichts mehr.

Diese Zeilen hatte Eric erst vor kurzem verfasst gehabt – es war bisher jedoch bloß beim Anfang des Liedtextes geblieben gewesen. Vielleicht, so dachte er nun, hatte er auch einfach nicht unbewusst das Ende *herbei dichten* wollen – richteten diese Zeilen sich doch immerhin an Yvette. Unausgesprochene Tatsachen seien natürlich ebenso *Tatsachen*, aber dennoch würden sie für einen kleinen Moment, um einen Atemzug länger *im Mantel der Schweigsamkeit konserviert*, wie er dachte. Oder aber war damit einfach ohnehin schon alles gesagt gewesen? War das *letzte Lied* ein einstrophiges Lied ohne Refrain...ohne Wiederholung also?

Irgendetwas war mit Yvette oder mit ihm selbst geschehen, irgendetwas war seit einiger Zeit auf jeden Fall *anders* zwischen ihm und seiner Frau geworden, das hatte er schon seit längerer Zeit gespürt gehabt. Eric liebte seine Frau, nach wie vor, vielleicht inzwischen aber doch auf eine *andere Weise*. Etwa als *Lebensmenschen, im Sinne Thomas Bernhards*, als Mutter seines Sohnes, als seine ehrlichste Kritikerin, als seine...ja, als seine beste Freundin. Doch dieses Gefühl, dieser *Umstand* sei nur allzu leicht mit *Verliebt sein* zu verwechseln.

221

Ein Bild an der Wand bestehe aus dem eigentlichen Bild und dem Rahmen. Beide, Bild und Rahmen, hingen sozusagen an denselben Nagel, dennoch könne nie das Bild mit dem Rahmen verglichen, gar aufgewogen werden.

Immer noch seiner eigenen, *aufbauschenden, berauschenden Musik lauschend*, versuchte er, zugleich an Yvette und an Elaine zu denken und dabei *ganz einfach* auf seinen Herzschlag zu hören.

Für wen schlug es, wen wollte es erschlagen? Die *Dark Runes* jedoch ließen ihm dazu keine Möglichkeit, und Erics eigene Stimme war es schließlich, die ihn mit *derartiger Kraft ins Gesicht brüllte*, sodass es diesen förmlich in den Sitz *hineindrückte*. Als möglicher Grund dafür war aber auch die Tatsache nicht ganz auszuschließen, dass Eric zeitgleich seine Emily *bis an die Grenzen gehend* beschleunigte, während ihm die Worte seines allerersten Liedes entgegen hallten…

Ich bring´ Dich um...
Hab´ Dich in meiner Hand!
Ich bring´ Dich um...
Du stehst am Lebensrand!
Ich bring´ Dich um...
Deinen Verstand!

Natürlich wollte Eric niemals jemanden tatsächlich umbringen und würde dies auch zukünftig nie in Erwägung ziehen. Er würde auch nie eine *echte Waffe* in die Hand nehmen, wobei ihm sogleich die Überlegung in den Sinn kam, dass schließlich sehr viel plötzlich zur *Waffe* werden könne. Jede Bierflasche wäre schließlich schon eine potentielle Mordwaffe. So gesehen hätte er schon unzählige Male eine Waffe in der Hand gehabt. Erics *persönliche Waffe* aber wären seine Worte, die ebenso *verletzen* könnten und deren spätere Todesfolge auch nie ganz auszuschließen wären.

Vielmehr beschäftigte Eric momentan aber eigentlich die *Sache mit dem Verstand*. Er war ja seit jeher besonders *anfällig* für derlei *Probleme* gewesen. Tatsächlich hatte er das *Um-den-Verstand-bringen* als Problem angesehen, da man in einem derartigen, dem alkoholisierten Zustand gleichzusetzendem, Befinden nicht mehr Herr über sich selbst zu sein im Stande wäre. Elaine hatte ihn, Eric, in ihren Bann gezogen gehabt, dessen war er sich absolut bewusst. Und da war es also schon, das *Problem*.

Dass Elaine aber überhaupt den Weg in Erics *Gefühlsleben* gefunden gehabt hatte, lag Erics Ansicht nach aber nicht nur an Elaine selbst. Schließlich hätte es nie *so weit* kommen können, wäre *alles in Ordnung* gewesen mit ihm und Yvette. Die Begegnung mit Elaine hatte ihn überhaupt erst *bewusst* darüber nachdenken und schließlich erkennen lassen, dass er und Yvette schon längst in zwei unterschiedlichen *Sphären* schweben würden. Ein bisschen verhielt es sich wie mit der Stimme David Gilmours und dem Klang seiner Gitarre. *Zwei Sphären mit einem Atem.* Gilmours Stimme: *unvergleichlich und unersetzbar.* Mit seiner Gitarre verhielte es sich hingegen schon etwas anders – denn *ihr* Klang würde schließlich nicht vom Gitarrenspieler abhängen, die Stimme eines Menschen sei hingegen nicht von diesem zu trennen.

Eric hatte das Gefühl, dass *seine Beziehungs-Gitarre* längst schon nicht mehr von ihm gespielt wurde, dass der Sound *akustisch nach wie vor stimmen, und also für die*

224

Außenwelt stimmig sei, dass diesen Sound aber jemand ganz anderer im Studio einspielen würde. Eric hatte beziehungstechnisch längst schon begonnen, an seiner *Solokarriere* zu arbeiten.

Die letzten Töne der *Dark Runes* waren erklungen, und Eric, beflügelt von den Erkenntnissen der letzten Minuten, beschloss, kein weiteres seiner Lieder anzuhören, sondern damit – sozusagen - *als Vorband von der Bühne abzutreten* - und das Mikrophon an Pink Floyd zu überreichen. Da er aber den momentanen *Schwung zurück ins Leben* nicht unnötig bremsen wollte, indem er ein weiteres Mal das Auto am Straßenrand zum Stehen brächte, beschloss er, *während der Fahrt* und also gleichsam unachtsam, sozusagen *per Zufallsgenerator* nach einer Kassette im Auto zu fischen, was ihm auch sofort erfolgreich gelang. Ungeahnte Schätze schien Emily in sich zu verbergen. So grub Eric tatsächlich eine selbst zusammengestellte Kassette mit Liedern von Roger Waters und David Gilmour, die aus Gründen Erics Parteilosigkeit und gleichbedeutender Wertschätzung beider Musiker, anstatt mit Seite *A* und *B* mit *D* (für David) und *R* (für Roger) bezeichnet war.

Für Eric hatte es schließlich *Pink Floyd* seit jeher nur *als Gesamtwerk* gegeben. Die *Streitereien* zwischen den *Köpfe*n Roger und David hatte er stets unter den *Klangteppich* gekehrt gehabt, und demnach hätte er sich auch niemals entscheiden wollen müssen, welchem der beiden Köpfe die Ehre nun zuteilwürde, seinen Namen auf der A-Seite zu finden.

Eric dachte an das *sphärische Gesamtwerk „Yvetteric"*, an zwei mit Y (für Yvette) beziehungsweise E (für Eric) benannte Seiten und an die *Auskoppelung* (mittlerweile, da eine weitaus jüngere Generation, auch schon eine CD und also nur eine mit A (für Arthur) betitelte „Seite".) Und er dachte daran, ob eine Kassette mit zwei E-Seiten (für Eric und Elaine) überhaupt möglich, ja, *sinnvoll* wäre?

Me Or Him vom Roger Waters erklang schließlich in überlauten Tönen aus Emilys Lautsprechern. *Ein Lied aus dessen Solozeit...*
Eric verspürte eine derartige *innere Zufriedenheit und Lebenslust*, dass er den Lautstärkeregler *bis zum Anschlag* aufdrehte. Schließlich konnte es kein Zufall sein, dass ausgerechnet eines seiner *absoluten Lieblingslieder* ihn auf

226

den *Weg, zurück ins Leben*, begleiten sollte.

Nun, wer das ME war, darüber gab es ja keinen Zweifel zu bekunden, wer aber, *mal abgesehen von der finnischen Rockband*, war HIM?

Zurück ins Leben und also aus dem *alten Leben* hinaus sollte Erics Weg führen. In welche Richtung konkret, wusste er jedoch selbst noch nicht so genau. Schließlich aber brächte, im Sinne des Ausschlussverfahrens, die Erkenntnis des *falschen Weges* den Suchenden dem *richtigen Weg* automatisch schon einen Schritt näher.

Neugeborener, nach Hunger schreiender Lebenswille, ohrenbetäubende, altbewährte Klänge, das Licht der alles beobachtenden Sonne und vielleicht auch etwas Übermut, der sich aufgrund des sich erst langsam setzenden Alkoholspiegels begründete, ließ Eric seine Emily nun ganz bewusst in Richtung seines Wohnhauses rollen. Um einen *letzten Blick* darauf zu werfen.

Sein Weg würde daran *vorbeiführen*, wie Eric nun wusste, doch wollte er auch die *Bilder* zu dieser *Erkenntnis*, zu diesem *Ereignis* im Kopfe haben. *Vorbei am*

227

Zuhause. Zuhause vorbei.

Roger Waters *trällerte* vor sich und Erics Gedanken hin, und Eric wusste momentan, dass er sich selbst nicht mehr länger glaubhaft würde belügen können und sich eingestehen, dass *Roger und David* schon lange kein *Gesamtkunstwerk* mehr gewesen waren. Den *zweiköpfigen, pinkfarbenen Drachen namens Floyd* hatte es demnach schon lange nicht mehr gegeben. Und überhaupt wäre es ohnehin wohl eher ein *fliegendes Zweikopfschwein* gewesen. Wie auch immer, eines Tages müsse man jedenfalls aufhören, das Leben durch die rosarote, beziehungsweise pinkfarbene Brille, zu sehen! Eric war sich der Tatsache bewusst, dass dieser Tag nun endgültig mit heftigem Klopfen an die Hintertür seiner verträumten Gedanken gekommen war. Wäre er nur ein *fliegendes Schwein* – er würde bei günstigem Wind über den Dächern Maldens, seinen Gedanken, seinem Lebens schließlich das Weite suchen...

Ein Blick in Emilys Innenspiegel brachte den *fliegenden Eric* jedoch sogleich wieder mit dem Boden der Realität und also der *brutalen Wirklichkeit* in Berührung. *Fliegende Schweine - wie lächerlich auch!*

Emilys Motor rumorte unüberhörbar, und aus den geschlossenen Fensterscheiben war dumpf für *die Außenwelt* die prägnante Stimme Roger Waters zu vernehmen, als Eric mit seinem Auto plötzlich um eine starke Kurve nahe des Ortsandes schoss und der schwankend entgegenkommende Theo kurz zuvor, aufgrund des schnell lauter werdenden Motorgeräusches erschrocken am Straßenrand innehielt und vorsichtshalber einen Schritt zur Seite sprang.

Dass Theo jedoch in weiterer Folge in eine Böschung hinab gestolpert, sich mehrmals überschlagen, mit dem Kopf gegen einen Stein gestoßen und schließlich bewusstlos, im besten Anzug und einen abgestorbenen Blumenstrauß in der linken Hand haltend, im Bachbett gelegen und schließlich darin gestorben war, blieb für Eric unbemerkt, da nach der Kurve bereits niemand mehr zu sehen war.

Zwar hatte Theo, laut eigenen Gedanken, tatsächlich *einfach nur noch ins Bett gewollt*, doch hatte er in diesem Moment sicherlich nicht an ein *Bachbett* gedacht gehabt. Er müsse wohl in Zukunft seine Wünsche konkretisieren, dachte er, ehe seine Gedanken sich wieder zerbrochenen Blumenköpfen widmeten.

Eric erblickte für einen kurzen Moment durch Windschutzscheibe und Küchenfenster *seine Yvette.* Er würde ihr schreiben, würde ihr alles erklären, ja, würde vielleicht sogar endlich sein Gedicht beenden und also zu einem Liedtext *befördern.* Eric würde sich um *alles* kümmern, obwohl er momentan selbst nicht genau wusste, was dies zu bedeuten hätte. Klar war, dass er sich, und zwar *ein Leben lang – in jeder Hinsicht,* um seinen Sohn Arthur *kümmern* würde. Und wäre er doch zu feig, um bei Yvette *Beichte* abzulegen, so würde er es ihr zumindest in seinen künftigen Liedern erklären. Dass dadurch wahrscheinlich wesentlich *mehr Text als Musik* entstehen würde, wusste Eric freilich, denn er hätte viel zu sagen, doch Sprechgesang wäre für ihn dennoch keine Lösung, viel eher war er sogar stets der Ansicht gewesen, *dass manches besser unausgesprochen bleiben solle, denn in einen Sprechgesang zum Ausdruck gebracht zu werden.*

Yvette würde auf jeden Fall von seinen Beweggründen erfahren, spätestens in seiner Autobiographie mit dem Titel „Der Sarg schreit, und was nun?" (Cover: ein lichtbrechender Sarg auf schwarzem Grund), deren Veröffentlichung eines Tages - posthum, wohlgemerkt, geplant war. Wozu war er schließlich Künstler gewesen, wenn er nicht jede Freiheit unter dem *Aspekt der künstlerischen Freiheit* rechtfertigen durfte? Schwarze Rollkragenpullover könne er schließlich auch bei Beerdigungen oder als *Sartre-Kostüm* zu Fasching tragen, dazu alleine müsse er nicht den steinigen Weg des Künstlers einschlagen. Außerdem könne er, Eric, ja immer noch, sollten tatsächlich alle *Galgenstricke* reißen, Yvette das Gedicht auf *altmodische Weise,* per E-Mail, schicken...

Elaine! Eric fühlte sich *elaindig* und einzig dieses Wortspiel beschenkte ihn momentan mit Motivation und Energie, als er Emily langsam am Haus, an Yvette, an seinem alten Leben vorbeirollen ließ und Richard Wright bezeichnender Weise *Wearing The Inside Out* sang. Eric richtete seinen Blick nach vorne, auf die vor ihm liegende Straße und also in die Zukunft, kurbelte mühevoll das Fenster hinunter, drückte auf den Auswurfknopf, zog die Kassette heraus und warf sie gezielt, mit *ericüblichem Hang zur Dramatik*, über den Gartenzaun, ehe er auf das Gaspedal stieg.

XXIV

Regenbogen

Elaine hatte das Elternhaus *nicht* betreten, obwohl es dafür keinen *wirklichen Grund* gegeben hatte. Sie hatte ihre Koffer ja schon am Vortag irgendwo vor dem Haus stehen lassen, hatte *das Weite* gesucht gehabt und war auf dieser Suche doch nur bis zur *unweit* gelegenen Bushaltestelle gekommen.

Elaine war also wortlos den, ihren Vater gewidmeten, Feierlichkeiten ferngeblieben gewesen.

Obwohl sie zwar nun bereits mit ihren Vater *Aussprache* gehalten hatte, und es somit also *eigentlich keinen Grund* mehr gegeben hatte, das Elternaus *nicht* zu betreten, sah Elaine momentan dennoch entschieden davon ab. Nicht *in diesem Augenblick* wolle sie mit Vater und Mutter das Glas auf Vaters Wohl erheben, ganz abgesehen von der dafür *jungfräulichen Uhrzeit*. Sie wolle schließlich den Moment, *oder was davon übriggeblieben war*, nicht weiter unnötig *strapazieren*. Ein anderes Mal, gewiss, jedoch nicht unter dem *Schatten der vorliegenden Ereignisse*, wolle sie, Elaine, das Elternhaus betreten, hatte sie ihren Eltern *entgegen geflüstert*, ehe sie ihren durchnässten Koffer an sich nahm und ihn hinter sich herzog.

Vater und Mutter blickten ihrer Tochter wortlos nach.

Elaines Worte hatten den beiden schließlich auch keine andere Wahl gelassen, obwohl ihre, von Natur aus schon neugierige Mutter speziell in diesem *Fall* nach Aufklärung gierte. Was genau ging eigentlich vor im Leben ihres Mannes Jeremias und ihrer Tochter Elaine und seit wann trug ihre Tochter überhaupt Herren-Lederjacken, noch dazu in Weinrot?

Ende November war es, als Elaine mit einem *regenwassertriefenden Trolley*, frühmorgendlich durch die Gassen Maldens zog, dabei ihr Blick auf einen abgebrochenen Blumenkopf am Wegesrand fiel und sie selbigen, gleichsam mitleidig und erfreut, aufhob. Eine weiße Calla – Elaines Lieblingsblume! Natürlich wuchsen hier keine Callas in *freier Natur*, überhaupt wuchs zu dieser Jahreszeit so gut wie gar nichts und schon gar keine Calla, wie Elaine dachte, umso mehr aber hatte sie sich gefreut über die *unverhoffte Überraschung*. Sie brachte es nicht übers Herz, die Calla – trotz *entstellten Gesicht*s - wieder fallenzulassen und so

233

steckte sie der Calla Haupt in die linke Brusttasche Erics weinroter Lederjacke...

Erst jetzt dachte Elaine daran, dass Eric wohl mit Sicherheit seine Jacke wiederhaben wollen würde, Elaine und also seine Jacke aber nie würde finden. Natürlich würde Eric Elaine eines Tages ausfindig machen, schließlich war Malden ja nicht *allzu groß* gewesen, und ebenso sollte es für Elaine kein Problem sein, Erics Adresse auszuforschen. Was aber sollte Elaine tun? Eric aufsuchen, ihn vor seiner Familie bloßstellen, ihm seine Lederjacke zurückbringen? Nein, Elaine würde keinesfalls Eric im Rahmen seiner Familie aufsuchen. Nicht aber, weil sie vielleicht dafür zu feige wäre, denn das war Elaine keinesfalls gewesen – nein, ihre einzigen Gedanken und Bedenken galten schließlich Erics Familie. Elaine wollte nicht *stören*, wollte keinen falschen Anschein erwecken lassen, wollte nicht Eric in *unnötige Probleme* verwickeln, zumal offensichtlich ja keine *Probleme* bestünden, wie Elaine befürchtete, und sie wollte auch nicht die Schuld an unnötigen *Differenzen* zwischen Eric und seiner Frau tragen müssen.

Eine *klare Sache* also für Elaine: Die weinrote Lederjacke würde dem *Seelenfrieden* Erics wohl zum Opfer fallen müssen. Sie würde Erics Jacke in Ehren halten, diese künftig auch *fachgerecht* pflegen und ihr dadurch vielleicht sogar ein *längeres Leben* in Aussicht stellen. Elaine sah sich in Bezug auf die weinrote Lederjacke also fein heraus und ein innerliches Grinsen über die Freude darüber hatte sich *nach außen*, auf Elaines Lippen geflüchtet, nur um endlich wahrgenommen zu werden. Glück will schließlich gesehen werden, ist nicht in ein Gefäß *einzuschließen* und auf Abruf *herauszuholen*. *Glück ist ein Effekt des Moments.*

Es ist nicht *festzuhalten*, ist nicht konservierbar. Das *Haltbarkeitsdatum des Glücks* entspricht auf den Tag, auf die Stunde, Minute, ja, schließlich Sekunde, genau dem betreffenden Augenblick. Glück lebt für und durch den Moment, ist hungrig, will gefüttert werden. Jeden Tag aufs Neue. Glück ist ein Kind – die große Kunst besteht noch nicht darin, es in die Welt zu setzen, sondern es darin gedeihen zu lassen, es großzuziehen, ihm Boden unter den Füßen zu gewähren. Doch, wie auch das eigene Kind, dass eines Tages das Elternhaus verlassen wird, kann man Glück nicht festhalten, es zu etwas zwingen. Es kommt aber, pflegt man es, sicher immer wieder gerne zu Besuch.

235

Elaine versuchte sich krampfhaft von ihren Gedanken an Eric abzulenken und sich die Geschichte hinter dem Blumenstrauß vorzustellen; wem er gewidmet sein mochte, wer ihn wohl wem und warum zum Geschenk gemacht hätte, ob sie, Elaine, die Personen vielleicht sogar kennen würde? Würde die abgebrochene Calla überhaupt vermisst, und würde der Blumenstrauß genau in diesem Moment auch ja ausreichend mit Wasser versorgt?

Wie hätte Elaine auch ahnen können, dass zur selben Stunde jener Blumenstrauß, losgelöst von Theos Hand, landabwärts in einem Bach trieb.

Ebenfalls zur selben Stunde hätte Yvette schwören können, das Motorgeräusch von Erics Fiat zu hören, war demnach erleichtert aus der Küche in den Garten gestürmt, um inmitten diesem verwundert stehen zu bleiben. Es würde wohl doch nicht Eric gewesen sein – sonst wäre er doch längst schon am großen Gartentor gestanden, um es zu öffnen und mit dem Fiat in die Garage zu fahren. Yvette blickte in den Himmel, und es war ihr, als würde sie die dumpfen Basstöne eines ihr sehr bekannten Liedes vernehmen. Sie hätte aber nicht sagen können um welches Lied es sich dabei handle.

Enttäuscht, besorgt und müde schlenderte sie also wieder in das Haus zurück, als ihre müden Beine über einen Gegenstand stolperten und sie erschrocken einen Schritt zurücktrat. Gleichsam *verwundert wie verwundet* war sie, als sie das Kassettenband vor sich im feuchten Gras liegen sah und auch sofort erkannte.

Ein *einfaches Kassettenband, immer wieder bespielbar...*

Wenn es sich doch nur mit dem Leben auch so einfach verhielte, dachte Yvette und erkannte: Das Leben aber ist ein langes Gedicht. Die endgültige Anzahl der Verse vermag vielleicht nicht einmal der liebe Herrgott zu wissen, jedoch: bereits niedergeschriebene *Lebenszeilen* sind nicht mehr zu löschen. Das Leben ist ein Gedicht, das sich in Dein Gesicht frisst. Jedes Wort, eine Falte auf Deiner Stirn. Das Leben ist nicht *wiederbespielbar,* ist eine Stegreifbühne. Das Leben ist, stolpert man im Garten auf eine Pink-Floyd-Kassette, plötzlich nur noch ein großes *pinkfarbenes Rufzeichen*, das sich eigenwillig von einem farblosen Fragezeichen abhebt wie ein *fliegendes Schwein* vom Rest der Welt.

Weit waren sie ja nicht gekommen, Eric und Emily, wenn auch immerhin bis *irgendwo nach dem Ortsschild, links.* Nun war es endlich Zeit für die erste tatsächliche *Freiheitszigarette.* David Gilmours *A Great Day Of Freedom* hallte aus den Lautsprechern der Emily. Ein Lied von David - das war Eric ihm schuldig gewesen und er stellte fest, dass für genau diesen Moment wohl auch kein anderes Lied passender gewesen wäre. So habe wohl jedes Leben Momente, für die einmal *David* und einmal *Roger* passend wäre und Eric überlegte schon weiter, ob er für Arthur *David* oder *Roger* sein wollte und schließlich aber fiel seine Entscheidung ganz eindeutig aus: Eric!

Um diese Jahreszeit ist man es in Malden gewohnt, bitterlich zu frieren. Bei Nacht sowieso, meistens aber auch schon bei Tag.
Nun, dieses Jahr war ein wirklich *milder Winter* gewesen, und dennoch drängte sich Eric wieder die Frage, nein, eher Feststellung auf, dass Elaine ja eigentlich nur wirklich sehr leicht bekleidet gewesen war. Immerhin trug sie nur dieses braune, beige, hellrosa...naja, *eben dieses Abendkleid,* oder wie es sonst in *feinen Kreisen* hieß.

Für Eric war schließlich auf irgendeine Art und Weise immer *Nacht* gewesen und demnach eingeschränkte Sichtweise und eine gewisse Farbenblindheit ein chronischer Nebeneffekt. Irgendwie bestand die Nacht also hauptsächlich aus Schwarz und Weiß, mit einem gelegentlichen *sanften Grau* dazwischen. Und aus Weinrot! *Hey, die Lederjacke!* Elaine hatte ja immer noch seine Lederjacke gehabt.

Wie würde er nur wieder an seine Jacke kommen? Er könne, nein, er *wolle* schließlich nicht zurück nach Malden fahren, könne und wolle aber auch nicht ohne seine Jacke leben, und überhaupt: ohne Elaine darin!

Eric lehnte an seiner Emily, *David Gilmour* ließ ihn mit *Coming Back To Life* dabei noch ein bisschen in Gedanken *schweben...*

So hob er ab, unser Eric, da der Wind gerade günstig war. Anfangs schwebte er nur ein paar Meter über dem Erdboden, doch nach und nach wurde er von den Gitarrenklängen und der Stimme immer mehr in die Höhe *getrieben, gesungen, philosophiert, soliert, gepustet, aus- und eingehaucht.*

Die Schnur an seinem Fußgelenk wurde immer länger und länger, und Eric schwebte schließlich schon richtig hoch über den Feldern, über Malden. *Höre nicht auf zu singen, zu spielen, oh David! Lass´ den mich tragenden Wind nicht an Atem verlieren! - Was bloß will mir diese neugierige Krähe neben mir erzählen?? - Lass´ mich vorbeischweben an unserem Haus, mach´, dass Yvette in diesem Moment nicht gerade zum Himmel blickt und schicke meinen Sohn einen aufgehenden Stern, der nur für ihn am Himmel leuchtet! Mach´, dass meine Lederjacke, sollte Elaine sie womöglich in die Waschmaschine stecken, nicht – Pink in Ehren! - pinkfarben ihr Gesicht verliert...!*

ELAINE! Zieht die Leine ein, schnell, ich muss doch zu ihr!

Das Lied endete und Eric hatte sogleich wieder Bodenkontakt hergestellt, war wieder *zurück im Leben!*

Eric ließ die Fahrertüre laut ins Schloss knallen, startete den Motor seiner Emily. Das letzte Lied des *Division Bell*-Albums näherte sich allmählich seinem Ende zu, als er in Richtung Bahnhof fuhr. *High Hopes!*

Da Malden sich keines eigenen Bahnhofes rühmen darf, sind Reisende stets dazu angewiesen, den verschlafenen Bahnhof der nächstgrößeren Ortschaft Boeding anzufahren beziehungsweise, von dieser aus ihre weitere Reise anzutreten.

Elaine würde bestimmt den nächstbesten Zug nehmen, um Malden zu verlassen, was also sei logischer, als sie am Bahnhof abzupassen?! Eric, sich in seiner plötzlichen *einzig logischen Erkenntnis* wiegend, lehnte sich zurück, hielt das Lenkrad lässig in der linken, am Oberschenkel liegenden Hand, umklammerte in der rechten Hand die letzte Zigarette seiner im *Betthopferl* erstandenen Zigarettenschachtel. Zu seiner Linken stolzierten ein paar Regenwolken über den Feldern von Malden. Er konnte den Regen bereits *riechen,* wie man auch Schnee oder Sonne *riechen* kann. Die Straße verlief *gitarrenhalsgerade,* weshalb Eric es *waghalsig wagte,* für einen vielleicht doch zu langen Moment die Augen zu schließen, und durch das knapp geöffnete Fenster dem *regenbringenden Fahrtwind* und dem Klang des *Zwiegesprächs zwischen den Kirchturmglocken Maldens und jenen auf Band* zu lauschen.

War er nun bereits gewohnt gewesen, euphorisch das Gaspedal *durchzutreten,* wurde diesmal, als Eric endlich wieder die Augen öffnete und erschrocken einen Menschen, am rechten Fahrbahndran stehend, wahrnahm, dem Bremspedal jene Ehre zuteil.

Mit angehaltenem Atem blickte Eric nun durch die Windschutzscheibe, durch die er jene Person nun aus nächster Nähe und dennoch, aufgrund des Platzregens, nur undeutlich wahrnehmen konnte.

Kein Schwarz, kein Weiß und auch kein Grau war es gewesen, das in diesem Moment, wie so oft in seinem Leben, seine Augen küsste, nein...

Weinrot schimmernde Tropfen waren es, die sanft auf gläsernem Boden landeten und leichtfüßig über diesen tanzten, als die Kirchenglocken Maldens oder vielleicht aber doch nur jene *auf Band* allmählich verstummten.

Es war ein Weinrot, wie Eric es bisher nur von seiner Lederjacke her kannte und liebte und die ja nun Elaine…

Emilys Scheibenwischer wischten mit einem Ruck Erics Gedanken an seine Lederjacke und an Elaine aus seinem Kopf und hauchten ihnen Leben ein, sodass sie, scheinbar eben Erics Kopf *entwischt*, nun leibhaftig vor ihm stand: Elaine, liebevoll umarmt von einer weinroten Lederjacke, von Regentropen sanft berührt, leidenschaftlich geküsst von Erics Augen….

Und so stehen unsere beiden nun also endlich wieder gegenüber. Wieder umrahmt Regen diesen magischen Moment der Begegnung, der Stille.

Oft sind es die stillen Momente, die Bücher schreiben könnten. Und nun ist es noch stiller geworden, denn der plötzliche Regen lässt auch schon wieder nach. Ach, könnten Sie jetzt nur den Himmel sehen, wie malerisch er sich verfärbt! Ein paar Sonnenstrahlen wagen mutig den Weg durch eine schwarzgraue Wolke, und versuchen schüchtern, die letzten Regentropfen zu einem zarten Regenbogen zu küssen. Welch prächtiges Farbspiel, dieser Himmel, der sich in der nassen Fahrbahn widerspiegelt, sehr bewegend, anzusehen, vor allem die…

Oje!

Jetzt habe ich die beiden aus den Augen verloren. Sie sind weg! Da passt man einmal kurz nicht auf, haben sie sich auch schon aus der Geschichte davongestohlen. Naja, gönnen wir Elaine und Eric ihre Zweisamkeit. Emily passt schon auf die beiden auf.

Jetzt ist er zu sehen, der Regenbogen, der Sonne und des Regens farbenfrohes Kind. Ach, wie schön…

243

So nimmt das Leben seinen Lauf,
und wieder leuchten Sterne auf...